LE SAGE DE SAUVENAT

EXBRAYAT

LE SAGE DE SAUVENAT

LIBRAIRIE DES CHAMPS-ÉLYSÉES
17, rue de Marignan
PARIS-8e

ISBN 2-7024-0-856-7
N° Éditeur 9030

A Nicole Pécheux
En souvenir de
la Courate

C.E.

CHAPITRE I

1

Sauvenat-le-Tranquille a hérité son nom du temps des guerres de religion. Il rappelle que les Sauveniens de cette époque affreuse ne se sentaient pas assez catholiques pour courir sus aux Parpaillots. En outre, leur village était si loin de tout qu'il aurait fallu à ces Messieurs de la Religion s'infliger une marche pénible à travers un pays sauvage pour le simple et douteux plaisir d'étriper quelques pauvres bougres et brûler une douzaine de maisons suant la misère. Si vous désirez vous rendre à Sauvenat-le-Tranquille, vous devez quitter Saint-Etienne par le Sud et grimper la rude côte qui mène au col de la République. On en termine avec cette montée brutale au hameau de Bicètre où l'on tourne à droite pour filer sur la Haute-Loire jusqu'à ce qu'on ait largement franchi la frontière. Alors, vous prenez à gauche pour grimper à nouveau parmi la plus belle forêt de conifères qui se puisse rencontrer. On met longtemps à s'en sortir mais quand vous y parvenez en débouchant sur un plateau où un vent pointu brosse sans arrêt l'herbe des prés, vous découvrez Sauvenat-le-Tranquille massé dans un creux entre deux lignes de crêtes forestières.

Ne croyez pas, cependant, que Sauvenat se tienne en dehors de la triste civilisation de notre fin de siècle. Comme ailleurs, on s'y marie, on s'y cocufie, on y naît, on y meurt, on s'y soûle le dimanche et à l'occasion des fêtes patronales, enfin on y vote pour des députés qu'on ne voit jamais et pour des partis politiques dont le choix est fonction du montant de la feuille d'impôts. Un village, somme toute, bien français où même les décès apportent – par les sombres festivités qu'ils entraînent – un dérivatif dans la vie quotidienne de la population.

Par suite de son éloignement, les citadins n'achètent pas de résidence secondaire à Sauvenat que la mauvaise saison isole pendant des mois. La maison la plus neuve est celle de Frédéric Falaitouze, le facteur-receveur, un conseiller général ayant obtenu qu'une somme inutilisée du budget cantonal fût affectée à la poste de Sauvenat. On ne sut jamais pourquoi, le conseiller non plus, d'ailleurs. Monsieur Falaitouze – fonctionnaire exemplaire – s'étant persuadé que cette libéralité inattendue avait été accordée au village par suite de ses propres mérites, met un point d'honneur à exercer scrupuleusement sa tâche et à se conduire de façon irréprochable.

Chaque jour que Dieu fait, Falaitouze se lève à six heures en été, à sept heures en hiver et oblige sa femme, Madeleine, à sortir du lit pour descendre lui préparer son petit déjeuner. Une fois debout, le facteur-receveur se rase, se peigne, se vêt dans un silence que troublent à peine quelques heurts d'objets trop brutalement posés et cela pour ne point risquer de réveiller Christine, une jolie fille de dix-huit ans envers qui son père a toutes les faiblesses. Le mois d'août étant la saison des vacances, il permet à son enfant de traîner au lit, ce qu'il ne tolèrerait pas de son épouse. Sa toilette achevée, Falaitouze se regarde dans la grande glace (qu'il a offerte à Madeleine en étrennes du Premier de l'An) et se sourit satisfait. Ce grand gaillard de quarante-cinq ans peut être content de lui. Avec son visage aux traits réguliers, sa chevelure à l'ancienne – entendez le cheveu court – ses larges épaules, une absence d'empâtement due à ses chevauchées quotidiennes, Frédéric passerait pour un bel homme sans cette espèce de solennité imprégnant chacun de ses gestes et la moindre de ses réflexions. Le facteur-receveur se prend pour quelqu'un et il entend que les siens, les premiers, en prennent conscience. C'est pourquoi il n'admet aucun manquement aux égards qu'il croit lui être dus, tant de la part de sa femme et de sa fille que des habitants de Sauvenat-le-Tranquille.

A sept heures moins un quart – jamais une minute plus tôt, rarement une minute plus tard – Falaitouze entre dans la cuisine et achève de beurrer le pain qui lui est destiné. Il s'assied, verse avec attention la quantité de café qu'indique une marque prise pour repère dans son bol, ajoute exactement la dose de lait qui donne au breuvage la couleur désirée, le sucre de trois morceaux et demi, remue le tout, goûte et trempe sa première tartine.

Un emmerdeur.

En face de lui, Madeleine, la paupière lourde, le regard embué par un sommeil persistant, attend, pour faire la vaisselle que son mari ait gagné le bureau où elle le remplacera lorsqu'il enfourchera son vélomoteur pour sa tournée.

– Madeleine, j'ai l'impression que Christine ne prépare pas sérieusement son concours des Postes.

– Bien sûr, mais que veux-tu que j'y fasse ?

– Il me semble que ton rôle de mère...

Mme Falaitouze commence à desservir.

– Tu sais parfaitement, Frédéric, qu'à ses yeux, je ne compte pas, pas plus qu'aux tiens, d'ailleurs...

– N'aimerais-tu pas ta fille ?

Elle le regarde presque avec haine.

– Voilà bien la première fois, depuis notre mariage, que tu te soucies de mes sentiments ! Trop tard... Cela ne servirait plus à rien.

Un moment décontenancé, Frédéric met cette mauvaise humeur matinale au compte de la période difficile que sa femme traverse la quarantaine dépassée.

– Franchement, Madeleine, qui t'entendrait, pourrait croire que tu ne m'aimes pas.

Elle ne répond pas, se contentant de le regarder d'une façon qui – sans qu'il sache pourquoi – le trouble. A son tour, il abandonne sa chaise.

– Bon... je file au bureau.

Ayant vainement espéré un écho qui ne vient pas, il ajoute :

– Je vais mettre de l'ordre dans les papiers, répondre

aux circulaires, remplir les états. Je compte sur toi à neuf heures, comme d'habitude ?

– Y ai-je jamais manqué ?

Cette fois, c'est lui qui ne sait quoi répondre.

Frédéric n'a qu'un couloir à traverser et deux portes à franchir pour se retrouver dans l'atmosphère de la pièce qu'il aime par-dessus tout : son bureau. Assis, il s'étire et un sourire heureux éclaire son visage. Il attrape le paquet de circulaires et se met dévotement à les relire car, pour lui, la prose administrative a la valeur d'un texte sacré pour le croyant. Il est arraché à ces délices par l'appel impérieux d'un klaxon. Le convoyeur du courrier qui dessert les communes écartées, signifie qu'il a jeté le sac postal devant la porte. Frédéric sort pour le ramasser. L'auto est déjà repartie. A Sauvenat-le-Tranquille, on écrit peu et le courrier est des plus minces. Tandis que le facteur-receveur procède à un tri qui ne lui demande que cinq à six minutes, ses yeux s'arrêtent sur la belle fille dont l'appétissante anatomie orne une affichette destinée à convaincre les habitants des communes de France de porter leurs économies à un quelconque emprunt et Frédéric pense à son épouse. C'est vrai qu'à la pauvre Madeleine, il ne lui reste plus grand-chose de ce qu'elle avait été en son printemps, lorsqu'il l'avait rencontrée, vingt-deux ans plus tôt. Le pays doit avoir du mal à croire – estime le mari – qu'un citoyen de sa trempe ait une femme aussi grise, aussi terne et, plus encore, qu'elle puisse être la mère de l'éclatante Christine.

Un imbécile vaniteux.

***

Fort respectueux de la hiérarchie sociale, le facteur-receveur commence sa tournée par la Mairie, même s'il n'a rien à y porter. Il laisse son vélomoteur appuyé contre le mur et entre. Il salue d'abord la secrétaire, Julie Cormelles – une vieille fille qui a été institutrice libre, autrefois – et annonce au maire – Henri Escouailloux – qu'il a ou n'a pas de courrier. Les deux hommes qui s'estiment et se prennent mutuellement pour des personnes de qualité, échangent de vains propos sur le Moyen-Orient, le président des États-Unis, la politique soviétique ou les conflits inter-raciaux en Afrique. Puis, Frédéric repart, laissant le maire à ses responsabilités.

Henri Escouailloux avait passé toute son existence active dans les bureaux de la mairie de Saint-Etienne. Il y était entré – au retour du régiment – comme petit employé bon à toutes les besognes et à force de sérieux, de volonté soutenant une ambition que rien n'émoussait, il avait pris sa retraite en qualité de premier commis aux finances de la ville. Sitôt qu'il l'avait pu, Henri Escouailloux était revenu au village natal où il coulait des jours heureux grâce à sa retraite et aux économies que Lucienne, son épouse, avait réussi à amasser durant les trente années où elle avait tenu une mercerie dans le centre de Saint-Etienne. Lucienne, une sexagénaire au visage de fillette, vivait dans l'émerveillement d'avoir, près d'un demi-siècle plus tôt, été distinguée, elle, l'enfant unique d'un mineur que la silicose avait tué prématurément, par un Monsieur qui portait chemise et cravate. A partir de l'instant où, à Côte-Chaude, elle avait répondu oui à l'officier de l'état-civil lui demandant si elle acceptait de prendre pour époux Henri, Georges, Ernest Escouailloux, elle s'était dévouée corps et âme à son compagnon qu'elle admirait en tout et pour tout.

Monsieur le Maire se laisse aduler par sa Lucienne, sans la moindre vergogne, car il s'estime digne d'une pareille adoration. Il regrette simplement que cette ferveur aveugle ne soit pas partagée par l'ensemble de la population de Sauvenat. L'excuse d'Henri tient à ce que, de bonne foi, il se prend pour un homme supérieur dont le village a eu bien de la chance d'hériter. Esclave d'habitudes trop longtemps pratiquées, Escouailloux se présente tous les jours à neuf heures à la mairie, impeccablement vêtu. Il y reste jusqu'à midi, revient à quatorze heures et abandonne définitivement les lieux à dix-sept heures.

Un homme content de lui.

***

Le curé – Auguste Rascoupet – est le second citoyen de Sauvenat à recevoir la visite de Falaitouze, toujours par respect d'une hiérarchie que le facteur-receveur a inventée, hiérarchie où l'instituteur cède le pas au prêtre, car lui, il est susceptible de quitter le village d'un moment à l'autre. M. Rascoupet vit seul, n'ayant pas les moyens de payer une servante. Les pieuses femmes de Sauvenat s'ingénient — sans le froisser — à lui rendre de menus services et les plus fortunées lui apportent de quoi améliorer son ordinaire. Tout le monde aime le curé dont l'existence ascétique impressionne même les esprits forts et dont la manie amuse. M. Rascoupet, en effet, consacre à son énorme herbier, le temps qu'il ne réserve pas à Dieu et aux devoirs de sa charge. Quel que soit le temps, sauf au cœur de l'hiver lorsque la neige enferme chacun chez soi, on peut apercevoir sa soutane élimée à la couleur bizarre, flotter à travers champs ou apparaître, par éclipses, entre les troncs des pins et des épicéas, à la recherche de la fleur qu'il n'a pas encore découverte.

Un cœur pur.

⁂

Ayant quitté le curé, le facteur-receveur, d'une pédalée légère monte jusqu'à l'école située un peu en dehors de Sauvenat. Paul Espinat, l'instituteur, à vingt-sept ans, juge que l'Éducation Nationale ne rend pas assez hommage à ses talents qu'il estime grands, en le laissant moisir dans un trou perdu au milieu de la forêt. Il harcèle l'Inspection d'Académie de plaintes, de récriminations et de demandes de changement jusqu'ici demeurées sans effet. En désespoir de cause et en rêvant à de gigantesques revanches, Paul s'est inscrit au Parti communiste. Il est juste de noter que depuis deux ou trois mois, Espinat a mis une sourdine à ses fureurs et ce, du jour où il est tombé amoureux de Christine, la fille des Falaitouze. L'instituteur n'est guère prisé des villageois et encore moins des gamins et gamines à qui il adresse des harangues qui les dépassent et les ennuient. Les résultats de cette manière d'enseigner se révèlent des plus médiocres.

Un sot prétentieux.

*
**

Par esprit républicain, le facteur-receveur se dirige ensuite vers le café, haut-lieu des discussions politiques et forum où se débattent les questions réglant la vie de la commune. Cet établissement est tenu par les Segonzat. Lui, Antoine, un quinquagénaire, mène un dur combat contre la cirrhose qui, lentement et sûrement, lui transforme le foie en un morceau de bois. Le cafetier, récusant les avis des médecins, se soigne à sa façon. Puisque l'alcool le tue, il combat ce mal opiniâtre en ne diminuant en rien sa dose de poison journalière. Il appelle cela de l'homéopathie. Si les clients d'Antoine ont renoncé à lui prêcher la modération, il n'en est pas de même de Berthe Segonzat – dite Fanfare par suite de la puissance de sa voix – qui ne l'entend pas de cette oreille. Aussi, quand elle surprend son mari en train de porter un verre, voire une bouteille à ses lèvres, elle se perd dans un tourbillon de cris, de reproches, d'injures et de supplications dont les éclats rebondissent sur la place pour atteindre toutes les maisons du village où l'on rit d'une colère qui n'est que l'écho bruyant d'un désespoir sans limites. Aussi incroyable que cela puisse paraître, Berthe – en souvenir de leur passé – aime encore l'épave qu'est devenu son mari et assiste, impuissante à son inexorable déchéance.

Deux malheureux.

***

Le couple Vesselier, qui tient l'épicerie, est cité en exemple par toutes les mères de famille dont les filles frivoles se persuadent que leur jeunesse sera éternelle et par les femmes que leur mari délaisse pour les cartes ou les beuveries entre amis. Le facteur s'arrête toujours avec plaisir chez les épiciers, qu'il ait ou non du courrier pour eux. Rien qu'à regarder ce couple qui marche main dans la main, vers la cinquantaine, on reprend goût à la vie, on se sent meilleur. Le spectacle offert par Joseph et Amélie Vesselier, dans leur magasin, s'il en amuse certains, attendrit le plus grand nombre. Ni le mari ni la femme ne peuvent supporter l'absence de l'autre plus de dix minutes. Il arrive qu'on les surprenne dans la réserve en train de s'embrasser avec passion. Si, servant un client, ils se croisent derrière le comptoir, ils se livrent à des attouchements honnêtes et échangent des œillades enflammées ou s'adressent des baisers. A la belle saison, on peut apercevoir le couple se promenant au clair de lune, ne s'arrêtant que pour se perdre dans des étreintes qui n'en finissent pas.

Des gens heureux.

***

Un autre couple, que le facteur-receveur estime, est celui formé par François et Élise Chaubouret qui possèdent la boucherie. François vient, tout juste, de dépasser la trentaine mais donne l'impression, par son verbe sonore, sa faconde, sa force physique et sa trompeuse bonhomie, de maîtriser son destin. Sa femme, Élise, évoque l'image d'une fourmi, mince, brune, toujours agitée et dont les colères passagères amusent son mari. Le boucher a une réputation – justifiée – de coureur de jupons. C'est la raison pour laquelle les hommes ne l'aiment guère tandis que les femmes éprouvent de délicieux frissons quand elles voient ses grosses mains glisser sur une moitié de bœuf. Elles ont l'enivrant sentiment que les doigts de François courent sur leur propre flanc. La pauvre Élise passe pour l'épouse la plus trompée du canton. Elle ne s'en plaint à personne et les jalouses estiment qu'elle devrait remercier le Ciel qu'un aussi bel homme ait jeté les yeux sur elle. Pour si petite que soit la part qu'il lui réserve, elle en a encore plus que n'en méritent ses maigres attraits.

Un bel étalon et une servante au dévouement proche de la résignation.

***

Jouxtant la boucherie, la boulangerie est la propriété de Gustave Étarté, dit la Lune et de sa compagne, Maria.

Deux quadragénaires, grands, forts et mous. Les Étartés donnent à croire qu'ils n'ont jamais pu se nettoyer complètement de la farine imprégnant leur peau et leur chevelure. Leurs visages blafards n'inspirent pas la sympathie. Ils montrent le regard vacillant des rapaces nocturnes surpris par la lumière du jour. On ne les prise guère, sans que quelqu'un puisse dire pourquoi. Peut-être parce qu'ils appartiennent au monde de la nuit. Frédéric Falaitouze les évite.

Un homme et une femme à part.

***

Vis-à-vis de Philibert Prassinet, surnommé le Matru, par suite de son mince volume – le facteur-receveur éprouve des sentiments mitigés. Il connaît l'intelligence de Philibert et son don d'observation qui n'a d'égal que son mutisme. Sa perspicacité reconnue de tous, inquiète. Si on osait, on parlerait de sorcellerie. Le nez courbe, important, jaillit comme une proue dans le visage émacié. On en veut au Matru de ce qu'on ne peut jamais saisir son regard enfoncé dans des orbites profondément creusées et abritées par d'épais sourcils. Le menuisier, veuf depuis huit ans, avance sans hâte vers la septantaine. On rend hommage à sa sagesse, mais on le craint. Personne ne saurait dire pour quelles raisons. Falaitouze est persuadé que le Matru le juge stupide. Cette opinion le peine et l'humilie à la fois. Il invente des sous-entendus dans les remarques que lui adresse le menuisier. Il se méfie quand il approche Philibert, ce qui le fait se guinder plus encore et paraître plus sot.

Depuis qu'Hermance a été portée au cimetière, le Matru n'est plus le même. Nombreux sont ceux qui se souviennent du joyeux camarade menant la bonne vie, avant la mort de sa femme. En jetant la première pelletée de terre sur le cercueil d'Hermance, Philibert a enterré sa propre existence. Il n'a pas accepté l'idée qu'une autre prît la place de la défunte à son foyer. Par fidélité envers la disparue, il s'est plié aux travaux ménagers. Une façon à lui de nier une absence qu'il n'accepte pas. Le réveil, surtout, lui est pénible. Jadis, Hermance – une vaillante – se levait la première et Philibert était arraché à son sommeil par une sensation d'isolement soudain. Sans ouvrir les paupières, il étendait la main et de constater que sa femme n'était plus là, le ramenait brutalement dans la réalité. Avec une anxiété que le temps n'amoindrissait pas, il criait : Hermance ! et Hermance, d'en-bas, répondait : Amène-toi, Philibert, le café est prêt !

Un cœur irrémédiablement meurtri.

⁂

Lorsque Germaine Mazoires donne son avis à propos de n'importe quoi, il est prudent de partager son point de vue. Sébastien, son mari bien qu'il soit cantonnier, n'en mène pas large devant elle et cela depuis vingt-cinq ans. Tous deux ont dépassé la soixantaine sans que le malheureux Sébastien ait vu se relâcher un esclavage conjugal de plus en plus pesant. Le caractère de Germaine ne s'est pas amélioré au fil des ans. Partout, on vante le zèle du cantonnier qui, par n'importe quel temps, s'en va curer les fossés, élaguer les arbres, débroussailler les abords immédiats des routes et chemins qu'il lui incombe de tenir propres. En vérité, son ardeur au travail s'explique tout bonnement par la peur que lui inspire son épouse dont il préfère se tenir le plus loin possible et le plus longtemps. Coupant l'herbe à la faux ou débouchant un point d'eau, Sébastien ne cesse – depuis un quart de siècle – de se demander pourquoi il a épousé Germaine. Il n'a pas encore trouvé une réponse satisfaisante. En vérité, il la connaît cette réponse, mais il ne veut pas l'admettre parce qu'elle l'humilie : il a marié la fille Rassoles par admiration pour son père, Gustave, le plus fameux braconnier du canton qui a mené, sa vie entière, une bataille incessante contre les gendarmes et contre le garde. Il eut beaucoup mieux gagné son existence et celle de sa fille en exerçant un métier honnête, mais cette inlassable bagarre contre l'autorité, l'emplissait d'une joie totale. Intelligent, il savait que ce qu'il avait fait, un autre ne pourrait pas le tenter, c'est la raison pour laquelle, il avait été heureux de donner sa Germaine à un fonctionnaire. Le doux Sébastien fut livré sans défense à cette belle fille sauvage que l'âge avait transformée en une matrone tout en os et en muscles. Par dérision, à Sauvenat, on appelait le tremblant Mazoires, Sans-Peur.

M. Falaitouze estime le cantonnier (bien que le méprisant un peu) et ne manque jamais de saluer Sébastien qu'il rencontre chaque jour sur sa route.

Mazoires n'aime guère travailler sur les routes et les chemins où on le dérange trop souvent. Il n'apprécie vraiment la plénitude de cette paix à laquelle il aspire de plus en plus que dans le cimetière où il entretient les tombes. Dans le silence de ce coin de terre où ne passent que le vent, les oiseaux et l'écho de meuglements lointains, Sébastien est heureux. En arrivant, son premier soin est de défiler devant les tombes. On pourrait croire, à le voir faire, qu'il redoute de constater l'absence d'un défunt vagabond. Il s'arrête devant les croix où s'inscrivent les noms d'hommes et de femmes qu'il a connus. Par moments, le temps lui dure de les rejoindre.

Une âme naïve et simplette.

***

Le facteur-receveur ne se rend à la petite ferme des Belleguette que s'il y est contraint et forcé par les devoirs de sa charge. Falaitouze ne nourrit pas une inimitié particulière à l'égard du couple que son passé — réputé orageux — place un peu à l'écart de la communauté. Bien sûr, on traite les Belleguette comme n'importe quels autres habitants de Sauvenat mais le dimanche...

Paradoxalement, le jour du Seigneur est aussi le jour où ces braves gens, revêtant des habits peu familiers, des robes qui les engoncent, retrouvent leurs préjugés les plus stupides. Les Belleguette ont beau se faire aussi élégants que possible, sitôt qu'ils atteignent les premières maisons du village, un remous hostile les accompagne. Les hommes ricanent en regardant passer Fernand Belleguette, qu'on surnomme Biganche parce qu'il boîte lourdement de la jambe gauche durement blessée dans un accident forestier. Quant aux femmes, en critiquant la toilette de Suzanne Belleguette (un peu osée à leur goût) elles se rappellent ce qu'on racontait autrefois, à savoir que Fernand, désespérant de se marier à la suite de son malheur était allé en chercher une sur le trottoir de Saint-Étienne, son métier ne la rendant pas difficile sur le choix d'un compagnon. Il est vrai que Suzanne a exercé, un temps, ce triste métier pour plaire et obéir à un homme qu'elle se figurait aimer. La fille, venue des montagnes de la Haute-Loire, était d'une intelligence courte. Quand elle se rendit compte qu'elle n'était rien d'autre qu'un gagne-pain pour son séducteur, elle avait voulu mourir. Le Ciel, qui ne désirait pas la mort de Suzanne, lui fit rencontrer Biganche à qui elle conta ses ennuis. Le boiteux l'emmena à Sauvenat, l'épousa, la fit se purifier par un travail épuisant et lorsque le souteneur se présenta pour réclamer son « employée » ou toucher au moins un solide dédommagement, il dut à sa promptitude naturelle d'échapper de justesse au coup de fourche que lui adressa Fernand et aux crocs des chiens. Le type ne revint jamais et dès lors, épaule contre épaule, les Belleguette firent front à la vie.

Deux courageux.

⁂

Une autre ferme que le facteur-receveur n'approche qu'à son corps défendant, c'est celle des Rocherousse. D'abord parce que le plus négligé, ce domaine est aussi le plus misérable de toute la commune, ensuite parce que Léon Rocherousse est connu pour être un méchant homme et, sans exception, les habitants de Sauvenat plaignent la pauvre Rosalie Rocherousse, dite la Corniaude sous prétexte qu'elle est de l'Assistance Publique.

Léon, un rouquin osseux, pas loin des septante ans, a été, jadis, le coq du village. Terreur des maris, ses victoires multipliées par les bavardes, étaient entrées dans la légende de Sauvenat. A la vérité, Léon a surtout été victime de ses vantardises et si l'on pouvait établir la liste de ses conquêtes, on serait surpris par son insignifiance. Le drame de Léon découlait de ce qu'il avait été la proie de ses mensonges et avait cru, de bonne foi, aux amours passionnées qu'il inventait. Nimbé d'une auréole de séducteur, Rocherousse vieillissait mal. Il devenait hargneux. On l'évitait. Il prétendait que les époux de ses maîtresses imaginaires prenaient leur revanche. Sans avoir conscience qu'il était son propre bourreau, Léon en voulait à tout le monde et, peu à peu, le pays se mit à l'éviter. De son côté, il ne sortait plus de sa ferme et ne travaillait plus ses terres. A cinquante-cinq ans, pour réaliser une économie, il avait épousé sa servante, Rosalie Forillon, de trente ans plus jeune que lui. On sut vite qu'elle ne mangeait pas à sa faim et que Léon la rouait de coups. La pitié que suscitait la Corniaude renforçait l'hostilité du village envers Rocherousse. Rosalie évoquait, chez tous ceux qui la rencontraient, l'image du chien fuyant la colère de son maître. Petite, maigre, les épaules perpétuellement courbées sous d'hypothétiques menaces, la poitrine plate, le ventre rentré, la fesse effacée, le cheveu terne, la Corniaude n'avait pour elle que son regard intelligent qu'une angoisse latente ternissait le plus souvent. Frédéric Falaitouze répugne à entrer en contact avec Léon et son impuissance à soulager la misère de Rosalie l'oblige à prendre conscience de son peu d'importance. Il a horreur de ces éclairages brutaux sur son personnage.

Non content de maltraiter la Corniaude, de vivre dans la paresse et dans la crasse, Léon ne sait qu'inventer pour embêter les autres et notamment les Marniac, ses plus proches voisins, dont le chef de famille – Hippolyte – un pas bien bon non plus, est son aîné de cinq ou six ans. Les deux hommes se détestent depuis toujours, mais cette animosité est devenue une haine forcenée du jour où Rocherousse a refusé de vendre aux Marniac, son pré des Billaudes dont il ne fait rien et qui arrangerait ses ennemis. Tout le monde s'y est mis pour essayer de faire fléchir le Léon, mais autant s'adresser à un mur et, exaspéré, Hippolyte ne cesse d'affirmer à qui lui prête l'oreille qu'« il y a pas de Bon Dieu, faut qu'il crève le Léon ! ». Le maire a vainement tenté d'arranger les choses avec l'aide de la Corniaude. De guerre lasse, il a déclaré qu'il fallait prendre patience et attendre que Rocherousse se décide à filer dans un monde meilleur. Il ne semble pas que ce soit pour demain et Léon rigole en pensant à la déception d'Hippolyte.

Un monstre.

*
**

Les Marniac qui, sans en convenir, s'obstinent à réciter des prières pour que le Léon passe l'arme à gauche, laissent à l'aïeul (dont nul ne prend les menaces au sérieux) le soin d'exprimer tout haut ce qu'ils pensent. Ils constituent une des plus vieilles familles de Sauvenat-le-Tranquille. Elle est composée d'Hippolyte dont l'humeur tyrannique exaspère et fait trembler la maisonnée entière, – patrons et valets – sauf sa bru, Julie, une femme mince et vive menant rondement son monde et tenant tête au vieux qui craint ses représailles. Julie est de Tence. C'est là-bas qu'Albert Marniac est allé la chercher, il y a vingt-six ans. Albert, un homme costaud et taciturne, se laisse mener par le bout du nez. Il le sait et ne trouve rien à redire. Il admire sa Julie depuis qu'il l'a rencontrée pour la première fois. Il la soutient dans ses querelles avec le vieux, toutefois, il a le respect intangible du père. Julie et Albert n'ont eu qu'un enfant, Antonin. Il vient de fêter ses vingt-cinq ans. Il ressemble à l'auteur de ses jours, il est presque aussi fort que lui. Sous ses apparences calmes, c'est un passionné qui a deux amours au cœur : la terre et Christine, la fille de Falaitouze. Si la famille est heureuse de son attachement pour la terre, elle le blâme (surtout sa mère) de cette sotte inclinaison pour une mijaurée qui a l'air de se prendre pour une princesse.

Quand on aborde ce sujet, Antonin se referme sur lui-même et est reconnaissant à son grand-père de ne pas faire chorus avec Julie.

Hippolyte Marniac n'a pas toujours eu ce caractère acariâtre. Les anciens se souviennent du jeune homme qu'il a été, joyeux luron, bon compagnon et travailleur infatiguable. Avec son Odile — qu'il avait connue lors d'une foire à Bourg-Argental — il a formé un couple qu'on citait en exemple. Ce bonheur, renforcé par la naissance d'Albert, a duré trente ans, jusqu'à la mort d'Odile emportée par une mauvaise grippe. De ce jour, Hippolyte est devenu sombre et morose. Puis, de méchantes langues ont répandu de vilains bruits sur la défunte, la rangeant parmi les conquêtes — vraies ou fausses — de Léon Rocherousse. Alors, Marniac s'est mis à boire pour ne pas penser à ces saletés qui le rongent. Le bizarre, c'est qu'il est bien le seul dans Sauvenat à attacher de l'importance à ces racontars imbéciles. Loin de soupçonner qu'il en souffre, on le blague sur les pseudo-infidélités d'Odile. Une sorte de jeu cruel dont, sauf les siens, nul ne devine la cruauté. Hippolyte se venge des autres en jouant le despote chez lui.

Un pauvre vieux.

***

Il y a un moment que Christine est réveillée. Elle ne se lève pas. Sa mère au bureau et son père en tournée, personne ne viendra l'embêter. Elle s'étire ou se ramasse sur elle-même en chien de fusil. Elle aime prendre une conscience physique de son corps. Blonde et fraîche dans sa chemise légère à volants, Christine ressemble à un sucre d'orge niché dans une mousse de crème rose. Elle promène un regard où traînent encore des effilochures de sommeil sur les photos ornant les murs de sa chambre et rêve qu'elle part pour Hollywood. Lâchant bride à son imagination, la petite se voit sous les sunlights dans les bras de ses vedettes masculines préférées, quand le meuglement mélancolique d'une vache passant devant la poste renvoit Christine à Sauvenat. Furieuse, elle se jette hors de son lit pour entrer dans l'existence quotidienne du bourg, qui lui pèse chaque jour davantage. Impatiente, elle s'irrite de ce que l'âge de sa majorité soit si long à atteindre.

Une charmante perruche.

2

Le soir, à Sauvenat – comme dans la plupart des villages de France – les hommes se retrouvent au café, chez les Segonzat. Le premier qui s'y présente, est Philibert. Dans ces réunions vespérales, le Matru trouve la chaleur humaine qui a déserté sa maison depuis la mort de son Hermance. Il s'assied à la table la plus éloignée de la porte mais d'où il peut voir tout le monde. Il boit peu et ne parle guère. Seul, Fernand Belleguette prend place en face du menuisier. Les deux hommes – tenus un peu à l'écart par les deux autres – s'estiment. Fernand fait souvent confidence à Philibert de ses pensées trop éloignées de la morale admise pour être entendues des gens de Sauvenat. A neuf heures, le café est plein. Cependant, il y en a qui manquent à l'appel : Léon Rocherousse parce qu'il n'a pas le sou et que la Fanfare n'accorde jamais de crédit, Albert Marniac et son fils Antonin, Julie ne leur permettant pas ces sorties qui nuisent à leur repos, enfin Frédéric Falaitouze. Le postier estime, en effet, que le café n'est pas un endroit où peut se rendre un fonctionnaire conscient de la dignité et de l'importance de sa charge.

Au café, on réserve les jeux de cartes au repos dominical. Le reste de la semaine, on vide des chopines en commentant les nouvelles de la commune. La table la plus bruyante est incontestablement celle où Hippolyte Marniac pérore, donnant son avis sur tout et n'admettant pas qu'on lui tienne tête, jusqu'au moment où un début d'ivresse le plonge dans un mutisme d'où il émerge pour lancer de grands coups de gueule. La Berthe Segonzat intervient, alors, et d'une voix puissante, intime au vieillard l'ordre de se calmer s'il ne désire pas être flanqué dehors. Fanfare est bien contrainte d'assumer l'autorité dans son ménage, car son mari, Antoine, suivant le chemin des ivrognes qui parviennent aux ultimes étapes de leurs malheureuses existences, s'engloutit – sitôt le repas de midi avalé – dans un morne abrutissement dont on ne parvient plus à le sortir. Le docteur de Bourg-Argental a renoncé à tenter de le libérer de son vice.

Sans être ivres, vers dix heures du soir, nombreux sont

ceux qu'on peut qualifier d'éméchés et parmi ceux-là, il y en a sans cesse un pour lancer :

– A propos, Sans-Peur, je t'ai pas appris la nouvelle ? Je crois que le Léon va se décider à me vendre son champ des Billaudes !

Le garde – qui entre dans le jeu – feint la surprise.

– C'est-y qu'il te l'aurait dit ?

– Pas lui, mais la Corniaude... Paraîtrait que le vieux matou, il commence à craquer.

Rituellement, à ce moment-là, Hyppolyte flanque un coup de poing sur la table en criant :

– T'as pas le droit, mon salaud ! T'as pas le droit !

– Et pourquoi que j'ai pas le droit ?

– Parce que les Billaudes, c'est comme si que je les avais !

– Tu te fous de nous !

– Plus de dix ans que je lui en offre un bon prix ! mais il préfère laisser son bien à l'abandon, le fumier !

– Moi, je pense pas qu'il te le vendra jamais.

– A cause ?

– Tu sais bien...

– Dis toujours ?

– L'Odile...

– Vingt dieux !

– Tu comprends, vieux, que s'il a fricoté avec elle, le Léon, il doit être gêné de faire affaire avec toi.

– Alors, ça y suffirait pas à ce traîne-misère de m'avoir planté des cornes, faudrait encore qu'il s'essaie à me ruiner, le malfaisant ?

– Peut-être qu'il regrette l'Odile encore plus que toi ?

Hippolyte se démène, gesticule, rouge de fureur. Fanfare rugit un avertissement :

– Vous pourriez pas lui foutre la paix, des fois ?

– On rigole, quoi !

– On rigole pas avec la peine des autres !

Gênés, ils se taisent et mettent le nez dans leur verre. Le vieux est plus difficile à convaincre.

– C'est pas possible qu'il la regrette plus que moi, hein, Fanfare ? L'Odile, c'était tout de même ma femme, pas la sienne !

Berthe Ségonzat pose sa grosse main apaisante sur l'épaule de l'Hippolyte.

– Bien sûr que c'était ta femme, l'Odile et je vas te confier une bonne chose : j'ai jamais cru aux saletés qu'on a racontées à son sujet.

– T'es brave, Fanfare... Plus brave que toi, y en a point.

– Tu dois rentrer à la ferme, maintenant.

– T'as raison...

On se tait dans le café, avec un brin de remords au coin des lèvres. Tout à coup, tandis que la patronne retourne au comptoir pour y laver les verres qu'elle vient de ramasser sur quelques tables, Hippolyte, au lieu de se lever, dérape dans ses souvenirs.

– L'Odile et moi, on s'aimait bien... Trente ans, ça a duré... un bail... A présent, je suis seul... La Julie, elle peut pas me souffrir et l'Albert, il a peur d'elle ! Il me reste que le souvenir pour continuer...

Personne ne pipe mot car, soudain, ces esprits simples comprennent qu'ils se trouvent en présence de quelque chose qu'ils n'ont pas deviné. Ils réalisent, honteux, que pour se distraire, ils ont commis une vilaine action. Quelqu'un déclare :

– T'en fais pas, Hippolyte. Tout ce que t'as entendu dire, c'est que des menteries.

Un chœur appuie cette affirmation.

– Rien que des menteries !

Mais le vieux vit depuis trop longtemps avec son mal pour s'en débarrasser aussi vite.

– Ouais, ça se peut et ça se peut aussi que je soye été cocu... Avec les femmes, c'était un rapide, le Léon...

Sans-Peur insiste :

– Puisqu'on te répète que c'est des menteries ?

– Je suis pas sûr et tant que cette ordure de Léon sera pas mort, je pourrai pas penser à mon Odile sans colère.

– Tu veux quand même pas le tuer, mon pauvre Hippolyte !

Le vieux se lève :

– Si ! et pas plus tard que tout de suite ! Je vas y faire péter un coup de fusil à ce salaud !

– Déconne pas !

– Je déconne pas et je pars chercher le fusil !

Le garde rattrape le bonhomme se dirigeant d'un pas chancelant vers la porte et lui empoigne le bras :

– Continue comme ça et je te mène aux gendarmes !

Le vieux se dégage :

– Tu sais ce que je te réponds, Sans-Peur ?

– Je me fous de tes discours, sacré Bon Dieu d'ivrogne ! c'est ce que tu fais qui m'intéresse !

– Alors, t'auras du boulot parce que je rentre chez

moi, je prends le fusil, j'y colle de la chevrotine à sanglier et je file crever ce cochon de Léon !

Le maire intervient :

– Marniac ! ça suffit ! Si vous persistez à jouer les guignols, je téléphone à Bourg-Argental et on vous emmène à l'asile, chez les fous !

– Vous me conduirez où vous voudrez quand j'aurai démoli le Léon, je m'en fous !

Lorsque l'Hippolyte a refermé la porte derrière lui, Escouailloux, inquiet, s'enquiert :

– Vous croyez qu'il est capable de mettre sa menace à exécution ?

L'assistance entière s'esclaffe. Il y a des années que Marniac promet d'occire Rocherousse. C'est son plaisir, une manière de prendre sa revanche. Les plus sages affirmant que s'il devait y avoir bagarre, elle aurait lieu à la ferme quand la Julie constaterait dans quel état rentrait son beau-père. On rit un bon coup et pour oublier la mauvaise action commise, on redemande des chopines à la Fanfare, tandis que Philibert, dans son coin, chuchote à Belleguette :

– Ce sont tous des cons ! Leur seule excuse est de ne pas s'en rendre compte.

⁂

La douceur de la nuit estivale n'adoucit pas l'humeur d'Hippolyte Marniac, mais renforce sa mélancolie. Contrairement à ce qu'on aurait pu penser, l'âge n'amortit en rien le chagrin du vieux touchant la fidélité d'Odile. Il ne peut supporter l'idée que sa femme ait aimé un autre homme que lui. De plus, il se sent humilié d'avoir été berné aussi longtemps. Quand il émerge de cette détresse qui le ronge, c'est pour songer à sa vengeance. Il faut absolument qu'il tue Rocherousse pour vivre en paix ses dernières années.

Le ciel nocturne étincelle, éclairant le chemin qui suit le vieux d'un pas hésitant. Il se tient un long discours qu'interrompt parfois un juron sonore lorsqu'il heurte une grosse pierre ou une racine affleurant le sol. L'obscurité laiteuse donne au paysage – pourtant si familier – un aspect irréel. Sur le chemin suivi depuis tant et tant d'années, Hippolyte marche dans un autre monde et sur cette route intemporelle, Odile va d'un pas tranquille. Il la rattrape. Il lui pose la main sur l'épaule. Elle se retourne, souriante :

– Tu as été bien long, Polyte... T'as traîné en route, hé ?

Elle a son joli visage d'autrefois et son sourire est celui avec lequel elle l'accueillait, jadis, quand les parents d'Odile avaient autorisé Hippolyte à faire sa cour.

– Tellement de soucis... Il s'en est passé des choses depuis que tu nous as quittés !

– C'était pas de mon vouloir...

– Je sais, mais quand tu fricotais avec le Léon, t'étais pas forcée, hein ?

– Cause pas de ça !

– Je suis obligé parce que je peux pas m'empêcher de

penser... à vous deux... et que t'y donnais ce que je croyais être qu'à moi... Ça me bouffe l'intérieur...

– Je te demande pardon...

– Je pourrai peut-être te pardonner mais seulement lorsque j'aurai tué Rocherousse... Ça me lavera le dedans et j'aurai plus besoin de me soûler.

– Alors, tue-le vite, Polyte.

Marniac arrive à sa ferme. Il veut prendre Odile par la taille et s'aperçoit qu'il enserre la pompe dressée à côté de la porte. Cette constatation l'arrache à son rêve. En entrant dans la salle basse, Hippolyte rate la marche du seuil et manque s'étaler sur le plancher. Julie et son mari ne sont pas encore couchés. La femme s'écrie :

– Regarde comment qu'il est ! C'est flatteur pour notre réputation ! – Elle se lève de la chaise où elle était assise et va se planter devant le vieux.

– Vous avez pas honte de vous mettre dans des états pareils ?

– Fous-moi la paix !

– Des grossièretés, voilà tout ce que vous savez répondre, Albert soutient sa femme.

– Père, pourquoi que tu te conduis comme un cochon ?

– Tu t'y mets aussi, dénaturé !

– Pourquoi que tu te soûles ?

– Pour oublier.

Julie lève les bras au ciel.

– En voilà une autre !

Furieux, le vieux rétorque :

– C'est une histoire qui te regarde pas ! T'es pas de la famille !

– Elle est bonne, celle-là ! Je suis pas la femme de votre fils, peut-être ?

– A sa place, je t'aurais laissée là où que t'étais...

Albert, à son tour, se met en colère.

– Cré Dieu ! tu vas t'arrêter de déparler, oui ? Julie est chez elle, ici, autant que moi ! Mets-ça dans ton crâne de mulet !

– Et le respect, qu'est-ce que t'en fais ?

– Commence par te respecter toi-même en arrêtant de te soûler sans savoir pourquoi !

– Je me soûle pour oublier ta putain de mère !

Julie en saute sur place.

– Insulter une morte ! Faut que vous soyez le dernier des derniers, gros malhonnête !

Hippolyte s'adresse à son fils.

– Tu l'entends ?

– Elle a raison et si t'étais pas mon père, je te casserais la gueule pour t'apprendre à causer de la maman de cette façon !

– Tu dis ça parce que tu sais pas !

– Qu'est-ce que je sais pas ?

– Qu'elle me faisait cocu avec le Léon Rocherousse !

Albert et Julie se regardent, abasourdis. Pour appuyer son affirmation, le vieux ajoute :

– Elle a reconnu que c'était vrai, la garce !

– Quand ça ?

– Tout à l'heure, sur le chemin de Sauvenat.

Julie s'exclame :

– Vous avez parlé à votre défunte et elle vous a répondu ?

– Dame ! Elle est pas aussi mal élevée que toi !

La femme se tourne vers son mari.

– Qu'est-ce que t'en penses ?

Albert hausse les épaules.

– S'il arrive pas à se guérir, faudra qu'on l'envoie à l'asile.

Marniac hurle :

– Canailles ! vous oseriez vous débarrasser de moi en me faisant enfermer ?

– Ça tient qu'à toi ! T'as qu'à te montrer raisonnable et cesser de déparler. Va te coucher, on causera de tout ça demain matin.

Sentant son impuissante, Hippolyte renonce à la lutte et s'engage dans l'escalier menant à sa chambre.

⁂

La peur de l'asile a apaisé l'excitation du vieux. En se déshabillant, il pleure sur son sort. Plus malheureux que lui, y en a pas... Par sa conduite, Odile l'a privé de cette ultime consolation qu'est le souvenir et voilà que son fils – cédant à cette garce de Julie – projette de l'expédier à l'asile pour le chasser du foyer qu'il a créé. Tant d'injustice le suffoque. Soudain, une idée brutale traverse l'esprit embrumé du bonhomme : tout est de la faute de Léon et par voie de conséquence, il se persuade – les fumées de l'ivresse le poussant à négliger toute logique –

que ses ennuis se dissiperaient s'il tuait son ennemi.

Avec la ruse patiente de l'ivrogne obsédé par une idée fixe, Hippolyte attend que son fils et sa bru soient endormis pour se glisser dans l'escalier, ses souliers à la main. Arrivé dans la salle basse, il remet ses chaussures, prend son fusil – abandonné depuis vingt ans – le manœuvre discrètement, y glisse deux cartouches à chevrotines, ouvre la porte aussi doucement que possible et part dans la nuit.

***

Dans le grand lit de milieu qu'ils ont acheté pour leur mariage Henri et Lucienne Escouailloux dorment de ce sommeil tranquille, apanage des cœurs paisibles qui n'éprouvent aucun regret du passé et ne nourrissent aucune curiosité quant à l'avenir. Leurs rêves sont aussi sages que leurs corps. Leur bonheur présent se compose d'un ordre minutieux, d'une hygiène sans faille et d'une auto-satisfaction totale. Les coups violents frappés à leur porte les font sursauter tous deux. D'une voix angoissée, Lucienne gémit :

– Qu'est-ce que c'est ?

– Comment veux-tu que je le sache ?

Escouailloux allume la lampe de chevet et jure en constatant que les aiguilles du réveil marquent trois heures. Les coups continuant, le maire se décide à sortir du lit, à passer son pantalon, à enfiler ses pantoufles. Quand il est devant la porte, il crie :

– Qui c'est ?

– Madame Rosalie Rocherousse.

Henri ne peut s'empêcher de sourire : la pauvre créature, venue de l'Assistance publique, n'oublie jamais – même dans ses plus sombres angoisses – de rappeler qu'elle possède un état-civil. A sa femme qui, du palier, réclame des explications, le maire lance tout bonnement, sans se soucier d'être entendu de la visiteuse :

– C'est la Corniaude.

Henri ouvre la porte et voit Mme Rocherousse, échevelée, à peine vêtue d'une espèce de sarreau.

– Entrez, vous avez l'air bouleversé...

– Si vous saviez...

Le maire conduit son administrée à la cuisine et tout en faisant chauffer du café, s'enquiert :

– Alors, Rosalie, que vous arrive-t-il ?

– C'est le Léon...

– Qu'est-ce qu'il a encore inventé, ce casse-pied ?

Au lieu de répondre, la Corniaude fond en larmes.

– Allons, allons... Il vous a battue ?

– Non.

– Alors ?

– Il est mort !

– Non !

– Si...

– De quoi est-il mort ?

– D'un coup de fusil.

Escouailloux saute sur place et crie :

– Quoi ?

Morne, la Corniaude répète :

– D'un coup de fusil.

– Mais, bonsoir ! qui lui a flanqué ce coup de fusil ?
– L'Hippolyte Marniac.
– Ah ! Bon Dieu de Bon Dieu de Bon Dieu !

3

Attirée par les cris de son mari, Lucienne Escouailloux, drapée dans une robe de chambre violette, dévale l'escalier et jaillit dans la cuisine où elle s'arrête, stupéfaite devant le tableau s'offrant à sa vue : la Corniaude, débraillée et pleurant dans une tasse de café, tandis qu'Henri lui tapote doucement les épaules. Lucienne est assez amoureuse de son époux pour l'imaginer encore capable, malgré son âge, de susciter des passions et, les poings sur les hanches, elle rugit :

– Je suis pas de trop, j'espère ?

Henri, sans se douter un instant du tumulte agitant le cœur de sa compagne, réplique placidement :

– Au contraire ! Tiens, essaie donc de la consoler !
– De quoi ?
– Léon est mort.
– Sainte Mère de Dieu !

Lucienne est de celles que la mort d'autrui angoisse car elles y voient un prélude à leur propre décès. Placée subitement devant le drame, Mme Escouailloux en perd son vocabulaire.

– Faut pas... faut pas... faut pas...

Le maire hurle :

– Faut pas quoi, à la fin ?

Au lieu de fournir l'explication réclamée, Lucienne, à son tour, fond en larmes. Son mari lève les bras au ciel.

– C'est le bouquet !

Consciente de ne pas remplir son devoir, la maîtresse de maison embrasse la Corniaude et demande :

– De quoi qu'il est mort ?

– On me l'a tué !

– Oh !!!

Henri doit entonner une goutte de marc à son épouse pour l'empêcher de tourner de l'œil. Excédé, il déclare :

– Je vous laisse toutes les deux, moi je préviens Joseph.

***

Ainsi qu'à l'accoutumée, Joseph et Amélie Vesselier dorment dans les bras l'un de l'autre. Les appels d'Escouailloux doivent être renouvelés pendant deux ou trois minutes pour que Joseph – le nez dans le cou de sa femme et le visage plein de cheveux blonds – s'arrache à un sommeil heureux, avec le goût sucré de la peau laiteuse d'Amélie sur les lèvres. En chemise de nuit (il ne peut supporter le pyjama) pieds nus, affolé parce que croyant à un incendie, il se précipite vers la fenêtre, si promptement qu'il manque basculer par-dessus la barre, ce qui arrache à l'Amélie une longue plainte épouvantée. Quand il est remis de son émotion, Joseph crie :

– Oui ! quoi ? hein ? qu'est-ce qu'il y a ? où c'est ?

– Habillez-vous, Joseph !

– Ah ! c'est vous, monsieur le Maire ?

– Dépêchez-vous, Joseph et rejoignez-moi !

– Alors, faut que je m'habille à... vous savez l'heure qu'il est ?

– Bon Dieu ! Joseph, allez-vous cesser de jouer les idiots ? Je vous attends chez moi... et pas plus de cinq minutes, hein ?

Lorsqu'il retourne, un peu hébété, vers le lit où Amélie, inquiète, guette des explications, il dit :

– C'est Escouailloux... Je comprends pas... il faut que je m'habille et que j'aille chez lui.

– Il est pas quatre heures !

Joseph hausse des épaules lasses pour montrer que ce détail ne fait qu'ajouter à son désarroi. Pendant qu'il se vêt le plus rapidement possible, Amélie sollicite un avis que son époux est incapable de donner. Dépitée, elle échafaude des hypothèses.

– Des fois qu'on aurait cambriolé la poste ? A moins que ce soye le feu je sais pas où ? ou quelqu'un qui se soye pendu ? En tout cas, va pas attraper un mauvais coup que tu sais bien que je pourrais pas vivre sans toi si tu te mettais dans l'idée de mourir !

Cette effrayante perspective jette les deux époux pantelants dans les bras l'un de l'autre en une étreinte que seul le Seigneur eut pu dénouer.

Une fois dehors, Joseph se hâte et ne tarde pas à cogner contre la porte des Escouailloux. Lucienne lui ouvre et son visage boursouflé par les larmes, remue profondément le nouveau venu qui balbutie :

— Un... un malheur ?

Mme Escouailloux chuchote :

— Pire !

L'esprit un peu perdu, Vesselier suit son hôtesse jusque dans la cuisine où le maire, à sa vue, grogne :

— Pas trop tôt !... Il y a un bout de temps que...

Sans se soucier d'Escouailloux, l'épicier montre la pitoyable Corniaude.

— Qu'est-ce qu'elle a ?

— On a tué le Léon.

Lucienne a la présence d'esprit de glisser une chaise derrière Joseph qui s'y laisse tomber en répétant :

— C'est pas vrai... c'est pas vrai... c'est pas vrai...

Le maire l'empoigne par l'épaule et le secoue :

— On va aller se rendre compte... Rosalie, faut que vous veniez avec nous... Lucienne, habille-toi et sur les dix heures, t'iras prévenir la Maria Étarté, la Germaine Mazoires, la Suzanne Belleguette, pour qu'elles te rejoignent chez les Rocherousse. Pendant qu'elles se prépareront, t'en profiteras pour alerter le curé. Maintenant, assez causé, en route ! Passez devant, Rosalie.

Même dans ces moments où elle s'abandonne à ses nerfs, Mme Escouailloux triomphe de ses faiblesses pour admirer un mari qui a le don du commandement et qui en impose à tous.

⁂

Le Léon est allongé sur le ventre, à quelque vingt mètres de chez lui — justement dans ce champ des Billaudes qui suscite l'envie des Marniac – le nez dans l'herbe. La Corniaude mène directement son escorte vers le cadavre. Le maire, éclairé par sa lanterne et celle de son adjoint, dit :

– C'est donc vrai...

Il donne sa lampe à Rosalie et s'agenouille près du corps, le palpe et conclut :

– Il est mort. Il refroidit.

Vesselier chuchote :

– Co... comment qu'il a passé ?

Henri retourne la dépouille et la clarté tremblante des flammes sort le visage de l'ombre. Dans cette figure qu'on ne reconnaît déjà plus, il y a un trou sanguinolent en plein front, un peu au-dessus des yeux. Le maire se relève :

– Bon, eh bien ! y a plus qu'à le ramener chez lui.

Joseph proteste :

– Les gendarmes seront pas contents si... si vous le déplacez.

– Que ça leur plaise ou non, je laisserai pas le cadavre de Rocherousse abandonné au milieu d'un pré comme une charogne. Rosalie, emportez les lampes avec le bâton que le défunt a dû lâcher en tombant. Joseph, vous êtes plus costaud que moi, prenez-le par les épaules, moi, je me charge des jambes.

Le cortège se met en marche dans l'aube naissante.

Étendu sur son lit, le visage débarbouillé, les yeux clos, Léon Rocherousse a retrouvé une sérénité depuis longtemps perdue. Escouailloux remarque doucement :

– Je me figurais pas qu'il pouvait être comme ça.

Vesselier pose la question qui lui brûle les lèvres :

– A votre avis, monsieur le Maire, qui c'est qu'a fait le coup ?

Henri, du menton, montre la Corniaude.

– Elle va nous l'apprendre.

– C'est Hippolyte Marniac... Il s'est d'abord approché de la maison pour nous crier de grosses injures et quand mon pauvre Léon, il est sorti pour lui répondre, il y a fait péter le fusil en plein dans la goule... ça fait que me v'là veuve, à présent.

Les femmes, conduites par le curé, arrivent. Le maire et son adjoint leur cèdent la place.

De retour au village, Escouailloux déclare qu'il va se reposer une couple d'heures et qu'il téléphonera aux gendarmes vers sept heures.

– Vous croyez pas qu'on devrait les avertir tout de suite ?

– Pourquoi ? Là où il est, le Léon risque pas de se sauver.

– On a effacé les indices...

– Les indices n'ont pas d'importance, puisqu'on connaît le coupable.

– Justement ! On pourrait pas aller chercher l'Hippolyte ?

– On le mettrait où ?

– Je sais pas... mais s'il s'ensauve ?

– A son âge ? Non, Joseph, laissons agir les gendarmes, c'est leur boulot et je ne tiens pas à me brouiller avec les Marniac.

***

Le brigadier Jérôme Marcenat rêvait qu'il courait dans une prairie – dont l'herbe était aussi douce à ses pieds nus qu'un tapis de haute lice – à la poursuite de jolies bergères qu'il avait surprises se baignant dans un endroit défendu. Les petites s'étaient hâtées de fuir sans prendre le temps de se rhabiller. Le charmant spectacle que lui offraient ces gamines, insufflait une vigueur inattendue au gendarme qui finit par rattraper une de ces demoiselles et il la serra si fort contre lui que la jeune fille poussa un cri qui réveilla Jérôme.

– Qu'est-ce qui te prend, grand voyou de vouloir m'étouffer ?

Clémence – qu'il avait épousée une quinzaine d'années plus tôt – était du Nord. A la quarantaine, merveilleusement épanouie, Clémence présentait des appâts somptueux qui enchantaient son mari aussi amoureux d'elle qu'au jour de ses noces. Toujours porté sur les plaisirs de la chair, à quarante-cinq ans, Marcenat n'avait jamais trompé sa femme, peut-être parce qu'il était gendarme et avait le respect de son uniforme, sûrement parce que, dans ce domaine, Clémence lui apportait tout ce qu'il pouvait désirer.

Après la brève étreinte matinale déclenchée par les songes de son imaginatif époux, Clémence s'était rendormie et Jérôme, les mains croisées derrière la tête, goûtait, en connaisseur, cette heure déjà lumineuse, le séparant de son lever. Sentant le poids vivant de la croupe de sa compagne contre sa hanche, le brigadier était heureux et ne s'en cachait pas. Jouissant d'une santé parfaite, tenu par tous et toutes pour bel homme, Jérôme envisageait l'avenir avec un optimisme s'appuyant sur des données solides. Dans quelques années, encore en pleine forme, il prendrait sa retraite et Clémence savourerait, avec lui, le jeu énivrant consistant à décider du lieu où ils se retireraient.

Le brigadier, perdu dans une douce somnolence, se voyait en train de pêcher à la ligne sur les bords d'une rivière paisible, lorsqu'on gratta à la porte. Aussitôt réveillé, Marcenat glissa ses pieds dans ses babouches et, s'appuyant à l'huis, s'enquit à mi-voix.

– Qu'est-ce que c'est ?

– Gendarme Landeyrat, chef... Faudrait que vous descendiez au bureau, on vous demande au téléphone.

– Qui ça ?

– Le maire de Sauvenat-le-Tranquille.

– Qu'est-ce qu'il veut ?

– Paraîtrait qu'il y a eu du vilain dans son coin, cette nuit.

– J'arrive. Faites-le patienter.

– A vos ordres, chef.

Le gendarme Jules Ladeyrat était le chouchou de Jérôme dans la brigade. Il le considérait comme son aide de camp, faveur que l'autre payait en retour d'un dévouement sans borne et qui n'avait d'égal que l'empressement mis par sa femme, Hélène, à complaire à Clémence Marcenat.

On ne pouvait, cependant, trouver couples plus différents que ceux formés par le gendarme d'une part et le brigadier, d'autre part. Autant Jérôme et Clémence étaient grands, forts, sanguins, autant Jules et Hélène étaient petits, maigres et pâles. Peut-être était-ce ce contraste qui les rendait amis.

Le chef entra dans son bureau, vêtu d'une robe de chambre flamboyante et prit le téléphone en annonçant :

– Chef Marcenat... Bonjour, monsieur le Maire... des ennuis... Je vous écoute... oui, oui, je le connais... un drôle d'oiseau... Ah ?... on l'a... Bon, bon, le temps de m'habiller et nous filons vous voir... D'accord... je préviens le docteur.

Jérôme raccrocha, se redressa et annonça à ses gendarmes :

– On a tué Léon Rocherousse d'un coup de fusil.

CHAPITRE II

1

Pour recevoir les représentants de la loi et le docteur Tourmont qui les accompagnait, le maire avait soigné sa toilette plus encore que de coutume et prié son premier adjoint de s'habiller « en dimanche ». Le chef Marcenat, flatté de cette marque de déférence à l'égard de l'autorité, entama avec Escouailloux un assaut d'amabilité que le médecin interrompit en déclarant d'un air rogue :

– Je vous rappelle que nous ne sommes pas ici pour bavarder !

Jérôme fronça un sourcil olympien.

– Des fois... vous ne voudriez pas m'apprendre mon métier ?

– Si dans votre métier, on peut perdre son temps, ce n'est pas le cas dans le mien. Où est la victime, Monsieur le Maire ?

– Dans sa ferme.

– Allons-y !

Le brigadier fut bien forcé d'obéir. Il le fit, la rage au cœur. Ce médecin était sa bête noire. D'ailleurs, personne dans le canton, ne pouvait supporter Roger Tourmont, par suite de son caractère irascible et brutal. Excellent praticien, il gardait une clientèle qui, reconnaissant son talent, supportait sa hargne, laquelle datait du jour où sa femme l'avait quitté, après la mort de leur enfant.

L'arrivée de l'ambulance destinée à emporter la dépouille de Léon Rocherousse à la morgue de Bourg-Argental, dissipa les nuages accumulés en quelques minutes sur les relations entre la gendarmerie et la médecine.

⁂

Les femmes qui avaient nettoyé et habillé le mort, tentaient, par leurs prières, de réconcilier le disparu avec Dieu, lorsqu'entrèrent les gendarmes et leur suite. Elles se retirèrent. Seule, la Corniaude demeura. Tout de suite, le brigadier s'étonna :

– On l'a assassiné chez lui, Monsieur le Maire ?

– Non, dans le champ des Billaudes, à une quarantaine de mètres d'ici.

– Et qui l'a ramené ?

– Moi et mon adjoint.

– Sacré Bon Dieu, vous savez pourtant qu'on ne doit pas toucher à un cadavre avant notre arrivée !

– Bah ! Le pauvre vieux, il ne s'en ira pas plus de son lit qu'il ne serait parti de son pré.

Une exclamation du médecin arrêta la querelle qui menaçait de s'envenimer très vite.

– Mais le type est mort depuis pas mal de temps. Il est déjà raide !

Marcenat s'adressa de nouveau au maire.

– Qu'est-ce que cela signifie ?

– Le docteur n'a pas à se soucier de deviner l'heure où on a occis le Léon. Il est mort à trois heures.

– A trois heures ! et vous nous avez alertés à sept heures trente !

– Je ne tenais pas à vous sortir du lit en pleine nuit.

Le brigadier se tourna vers son adjoint et écarta les bras en signe d'incompréhension totale.

Plus nerveux, Tourmont s'écria :

– Ce n'est pas possible que vous soyez bouché à ce point-là ? Vous avez donné quatre heures d'avance à l'assassin... enfin, ce n'est pas mon affaire... Au revoir, messieurs. Vous aurez mon rapport ce soir, chef.

Sur cette assurance, le médecin se retira tandis que deux infirmiers emportaient le corps. Joseph Vesselier leur emboîta le pas.

Le calme revenu, Marcenat assura à Escouailloux qu'il s'était mis dans un mauvais pas. Le maire ne parut pas autrement ému.

– Ne vous tracassez pas, chef. Nous savons qui est le meurtrier.

– Non !

– Si...

– Enfin, vous n'étiez pas là quand le crime a été commis ?

– Moi, non... mais elle, oui... C'est Mme Rocherousse, la veuve.

Galant homme, Jérôme salua la Corniaude.

– Mes sincères condoléances, madame... et maintenant, parlez, je vous prie.

– Qu'est-ce que vous voulez que je vous dise ?

– Tout simplement, ce que vous avez vu.

Le maire intervint.

– Avant que la Cor... la Rosalie ne commence, je souhaiterais vous rapporter un incident qui a eu lieu quelques heures avant le meurtre.

– Allez-y !

Henri raconta ce qu'avait été la soirée au café de la Fanfare. Les gendarmes l'écoutèrent avec soin. Quand il eut terminé, Marcenat conclut :

– Alors, c'est le vieil Hippolyte qui...

En réponse, Escouailloux lui montra la Corniaude.

– Bon, à votre tour, madame.

– Eh bien, voilà... On s'était couché, le Léon et moi... Lui, il dormait... pas moi.

– Pourquoi ne dormiez-vous pas ?

– Il ronflait trop fort.

– Fallait le secouer !

– Le réveiller ! Vous le connaissiez pas ! Il m'aurait battue !

Le chef lance un coup d'œil au maire qui, d'un hochement de tête, approuve les dires de la Corniaude.

– Continuez, madame.

– Tout d'un coup, on a entendu hurler dehors. On comprenait pas les mots, mais les cris étaient assez forts pour réveiller le Léon qui s'est assis sur son lit en me demandant « qu'est-ce que c'est ? » Bien sûr, je pouvais pas y répondre. Alors, il s'est levé et en bannière, il est allé ouvrir la fenêtre et on a entendu : « Léon, t'es un salaud ! T'as sauté mon Odile et, pour ça, je vas te crever, cochon ! Sors un peu, sacré vieux matou pelé ! » Et puis, ça a continué de cette façon pendant un bout de temps. Le Léon a dit : « C'est cette saloperie d'Hippolyte... attends que je le calme ! » J'ai essayé de le retenir pendant qu'il mettait son pantalon mais il m'a collé une beigne en m'ordonnant de fermer ma gueule. Ensuite, il a empoigné son bâton et il est sorti. Je l'ai suivi. C'était bien le Marniac. Ils se les sont toutes dites et puis le Léon, il a voulu flanquer un coup de trique à l'Hippolyte qui s'est sauvé jusque dans le petit bois qu'est là-bas et c'est de là qu'il a fait péter le fusil. Il a touché mon homme en plein dans la goule et puis, il s'est ensauvé...

– Vous ne lui avez pas couru après ?

– J'avais trop peur !

– Pourtant, Hippolyte est un vieux ?

– Avec un fusil, les vieux sont aussi dangereux que les jeunes !

– Vous allez répéter tout ça au gendarme Landeyrat qui rédigera le rapport que vous signerez.

Pendant que l'adjoint de Marcenat se met au travail, ce dernier entraîne Escouailloux dehors.

– Vous avez de la chance, Monsieur le Maire. Sans le témoignage de Mme Rocherousse, vous risquiez des ennuis...

– N'exagérez pas !

– Vous pouviez être poursuivi pour complicité !
– Sans blague ?
– Je vous le dis !
Quand Landeyrat a terminé sa besogne, il rejoint le chef et le maire. Ensemble, ils prennent le chemin de la ferme des Marniac.

***

La Julie Marniac se dépêche de peler les légumes qu'elle jettera dans la marmite où bout l'eau de la soupe. Quand elle entend marcher devant sa porte, elle croit qu'il s'agit de ses hommes et ne se retourne pas, si bien que lorsque la voix d'Escouailloux retentit, elle sursaute.
– Bonjour, Julie...
– Vous, Monsieur le Maire !
Au même moment, elle aperçoit les gendarmes.
– ... et ces messieurs... qu'est-ce qu'il y a ?
– Nous voudrions parler à Hippolyte... Il est là ?
– Dans sa chambre... Je comprends d'ailleurs pas pourquoi il traîne au lit comme ça, aujourd'hui.
Le chef Marcenat ayant chuchoté au maire : « Il doit être fatigué de sa nuit... », demande à voix haute :
– Voulez-vous nous conduire jusqu'à lui, Madame ?
– Je monte le chercher.
– Non... Je préfère le réveiller moi-même.
– Ah ? eh bien ! comme vous voudrez... suivez-moi.
Derrière Julie, ils grimpent l'escalier. Escouailloux ferme la marche. Marcenat cogne à la porte. On ne

répond pas. Le chef insiste. En vain. Julie l'écarte et crie :

– Faites pas votre tête, pépé ! C'est Monsieur le Maire qui veut vous causer !

N'obtenant pas le moindre signe de vie, Jérôme attrape la poignée à pleines mains, dans le but évident de forcer la porte mais celle-ci s'ouvre, n'étant pas fermée à clef. Ils entrent dans la chambre et constatent qu'elle est vide. Le lit n'est même pas défait. La belle-fille s'en montre la plus surprise.

– Ça alors !

Marcenat s'enquiert :

– Il est coutumier de ces absences nocturnes ?

– Pas du tout ! Je pense même que c'est la première fois...

– Embêtant...

La jeune femme regimbe :

– Oh ! il est d'âge à sortir tout seul !

– Malheureusement...

Ils redescendent dans la salle basse au moment précis où Hippolyte y pénètre. Il ne marque nul effroi à la vue des gendarmes, seulement de l'étonnement.

– Qu'est-ce que vous foutez là ?

– Vous ne vous en doutez pas un peu ?

– Ma foi... le gamin a fait une sottise ?

Le chef pose la question-clef.

– Il y a longtemps que vous avez vu Léon Rocherousse ?

– Cette saloperie !

– Répondez à ma question !

– Ça vous regarde pas !

Julie essaie d'apaiser son beau-père.

– Vous devez pas parler de cette façon aux gendarmes !

– J'y parlerai comme ça me plaît et c'est pas toi, sacrée femelle, qui me donneras des leçons !

Marcenat attaque brusquement :

– Pourquoi avez-vous tué Léon Rocherousse ?

– D'abord parce que c'était un moins que rien, ensuite parce qu'il m'a foutu un coup de trique sur le crâne, la vache !

– Alors, vous vous êtes réfugié dans le petit bois du Sapillon et de là, vous lui avez collé une balle entre les deux yeux !

– Tout juste !

La bru gémit :

– Oh ! Seigneur, c'est pas possible !...

– Et pourquoi ça serait pas possible, idiote ?

Le chef interrompt le dialogue entre Hippolyte et Julie.

– Vous avez de quoi écrire, madame Marniac ?

L'épouse d'Albert apporte ce qu'on lui réclame :

– Ainsi, monsieur Marniac, vous reconnaissez avoir tué Léon Bernard Rocherousse ?

– J'en suis bougrement fier !

– Racontez-nous ce qu'il s'est passé ?

– Ben, hier soir... en quittant le café, je voulais avoir la peau de cette canaille de Léon et puis, faut reconnaître que j'en avais un coup dans l'aile... Quand je suis entré, la Julie m'a engueulé... un caractère de chien, si vous voulez le savoir... Lorsque j'ai été couché, je me suis pensé que ça suffisait pas à ce bâtard de Léon de m'avoir pris ma femme, de pas me vendre les Billaudes par malice, fallait encore qu'il me fasse disputer par ma gendresse ! Alors, j'ai décidé que ça pouvait plus continuer et je me suis levé doucement, j'ai remis mes souliers en bas, j'ai pris le fusil et...

Julie s'exclame :

– L'écoutez pas, messieurs les gendarmes... Il bat la campagne ! Jamais sa défunte s'est mal conduite pas plus avec le Léon qu'avec un autre ! C'est des menteries qui lui permettent de se soûler soi-disant pour oublier sa peine... Quand il s'agit de boire, le beau-père est capable de raconter n'importe quoi ! Il veut se rendre intéressant, rien de plus !

Le chef regimbe :

– Pourtant, Léon est mort !

– Mais ça prouve pas que...

– Où est le fusil du père ?

Tous se retournent vers le râtelier où une place est vide.

– Il en manque un ?

Mme Marniac ne peut que dire :

– Oh ! mon Dieu !

Le gendarme s'adresse au vieux :

– C'est votre fusil qui n'est pas à sa place ?

– Tout juste, Auguste !

– Où est-il ?

– J'sais pas.

– Tiens donc !

– Je suis parti avec et je reviens sans... Où c'est que je l'ai laissé, ça...

– On le trouvera... Maintenant, continuons : vous avez pris votre fusil et vous êtes sorti pour aller où ?

Hippolyte ne se fait pas prier :

– Bon Dieu : faudra vous le répéter encore ! pour aller chez le Léon... ! J'ai pris par la coursière du Sapillon, j'ai traversé le bois et je me suis approché de la ferme de cette crapule pour y crier ce que je pensais de lui. Au bout de quelques minutes, il s'est amené et la Corniaude lui courait au derrière pour l'obliger à rentrer. Il a répliqué jusqu'à devant moi et on s'est causé dans le nez puis il m'a foutu un coup de bâton sur le crâne, la vache ! Je savais plus où j'étais... Attendez ! je me rappelle ! j'ai foutu le camp, il m'a un peu couru au derrière... Lorsque j'ai été dans le bois je l'ai vu qui rentrait chez lui. Il s'est retourné pour me lancer des gros mots sur moi, ma femme, mon fils... C'est à ce moment que j'y ai flanqué un coup de fusil ! Ensuite, je me souviens pas bien... J'ai dû m'endormir et quand je me suis réveillé, j'ai oublié le fusil.

– Donc, il est encore là-bas ?

– Ça se peut...

– Allons le chercher !

Hippolyte sort avec les gendarmes. Escouailloux reste pour tenter de consoler Julie qui gémit :

– Comment on a pu offenser le Bon Dieu au point d'avoir un numéro pareil dans la famille ? De quoi qu'on va avoir l'air, à présent ? On dira : les Marniac, vous savez ? l'assassin... Albert, il va plus oser se montrer... et mon Antonin, quelle fille voudra de lui ? et moi, les affronts chez l'épicière, le boulanger, le boucher... Elles vont toutes en rajouter, vous verrez !

– Mais non, mais, non, le curé et moi, nous y mettrons bon ordre si ça se produit.

Sur ces entrefaites, Albert et son fils entrent. Julie leur apprend ce qu'il s'est passé. Effondré, son mari se laisse tomber sur une chaise, sans réagir. Il n'est pas un violent. Au contraire, Antonin, le fils, pique une colère noire, s'en prenant aussi bien à son père, et à sa mère qu'au coupable.

– Il y a longtemps que vous auriez dû exiger qu'on l'enferme, ce vieux dingue !

On a trop bien inculqué à Albert le respect des parents. Il se lève d'un jet et colle une maîtresse gifle à son rejeton.

– Ton grand-père serait un vrai Ravachole que ça serait quand même ton grand-père ! Tâche de pas l'oublier !

– Et c'est ça que je dirai à Christine ?

Julie était prête à une contre-attaque pour défendre son rejeton lorsque ce dernier, par son allusion à la fille du postier, la pousse à se ranger du côté d'Albert.

– C'est bien le moment de nous parler de cette génisse en chaleur !

– Oh ! maman ! comment que tu causes de Christine !

– J'en cause à ma manière...

– Je te défends de...

– Qu'est-ce que t'as dit, espèce de bon à rien ? Vous voyez, Monsieur le Maire ? Il suffit qu'une jupe passe pour qu'on n'existe plus, nous autres !

– C'est pas vrai !

– Tu prétends que ta mère ment, anarchiste...

Julie a beau être petite, sa gifle secoue Antonin autant que celle envoyée par son père. Écœuré, le garçon s'écrie :

– Le vieux zigouille un type et c'est sur moi qu'on cogne !

Escouailloux juge que le moment est venu pour lui de regagner sa mairie.

***

Pendant que les Marniac se querellent, les gendarmes et le meurtrier arrivent au bois du Sapillon d'où Hippolyte a tiré sur sa victime. Pas très heureux de ramener une aussi piètre proie, Marcenat déclare sèchement :

– Maintenant, on ne rigole plus, grand-père ! Montrez-nous l'endroit d'où vous avez tiré ?

Le bonhomme se met à tourner à la façon du chien de chasse ayant perdu la trace du gibier. Il fait deux pas en avant pour reculer dans l'instant qui suit de trois pas en arrière, file sur sa droite, revient sur sa gauche où il reste planté, donnant l'impression d'être complètement perdu. Exaspéré, le chef explose :

– Nom de Dieu ! Marniac, c'est fini ce numéro ?

Le vieux écarte les bras dans un geste d'impuissance :

– Je m'y retrouve plus...

– Ça va, cherchons le fusil, maintenant !

Pendant trois quarts d'heure, ils battent le petit bois pour rien. De guerre lasse, Jérôme confie à son adjoint :

– Il se fout de nous !

– A moins que...

– A moins que quoi, Jules ?

– Que nous ayons été possédés par la famille ?

– Expliquez-vous !

– Supposons que le vieux soit rentré cette nuit et ait avoué son crime aux autres ?

– Et alors ?

– Le fils ou le petit-fils file avec le fusil et le cache de telle façon que nul ne pourra poser la main dessus. L'un des deux hommes emmène le pépé et ne lui permet de rentrer que lorsqu'ils nous ont vus pénétrer dans la ferme. Théoriquement, le criminel ne sait pas où il a passé les heures qui ont suivi son crime, ce qui justifiera la pseudo-perte du fusil.

– Pas mal ! pas mal du tout, Landeyrat.

***

Les trois Marniac ne se sont pas encore calmés lorsque les gendarmes réapparaissent. Tout de suite, le chef s'en prend à Albert :

– Vous avez bien rigolé en nous voyant partir chercher l'arme du crime ?

– Rigolé ? pourquoi que j'aurais rigolé ?

– Gros finaud ! parce que vous saviez que nous ne dénicherions pas le fusil.

– Moi ? et comment que...

– Landeyrat, exposez les conclusions auxquelles nous avons abouti.

Le gendarme s'exécute. Lorsqu'il a terminé, Albert

Marniac regarde sa femme, regarde le chef avant de donner son opinion sous forme d'interrogation :

– Il est idiot ou quoi ?

Marcenat s'emporte :

– Vous savez ce que ça coûte d'injurier un gendarme dans son boulot ?

– Je veux pas l'injurier mais je peux pas le laisser déconner !

– Vous vous entêtez, hein ?

– Je comprends rien à ce que vous racontez tous les deux ! Tout ce que je sais c'est que le fils et moi, on rentrait pour faire dix heures et voilà que j'apprends que mon père, il a tué quelqu'un !

– Vous niez donc que vous étiez au courant du meurtre avant notre rencontre ?

– Bien sûr que je le nie !

– Bon... Je n'insiste pas pour l'instant mais vous n'en avez pas fini avec la justice !

Albert s'adresse au vieux :

– Tu vois dans quel pétrin tu nous mets ?

– Je m'en fous ! J'ai démoli le Léon, à présent je peux penser à mon Odile comme s'il s'était rien passé avec cette ordure de Rocherousse !

Julie s'emporte :

– Écoutez-le ! A croire qu'il est gâteux, parole !

– Toi, ma fille, je vas t'apprendre à me causer !

Le vieux veut se jeter sur elle mais Landeyrat l'empoigne :

– Voudriez pas massacrer toute la commune, des fois ?

***

La nouvelle de l'arrestation de Marniac l'Ancien s'est répandue dans Sauvenat presqu'aussi vite que celle ayant trait à la mort violente de Léon Rocherousse, si bien que lorsque les gendarmes et leur prisonnier entrent dans le village, toute la population a abandonné ses travaux pour regarder passer l'Hippolyte.

On est partout partagé entre la honte que fera rejaillir sur Sauvenat-le-Tranquille, le meurtre d'un vieil homme par un plus vieux que lui et une certaine admiration envers celui qui a osé venger son honneur. Hippolyte, quant à lui, bombe le torse et crie :

– Je l'ai eu, ce cochon de Léon ! Maintenant, je vas pouvoir rejoindre mon Odile sans crainte qu'elle me fasse des reproches.

La Germaine Mazoires, puissante matrone, se précipite sur le prisonnier pour tenter de le frapper.

Le gendarme Landeyrat prévient son geste juste à temps, mais ne peut l'obliger à se taire.

– Canaille ! Un si brave garçon que t'as tué !

– Il valait pas mieux que toi, bougre de femelle du diable !

Quelqu'un hurle dans la foule :

– Il a raison ! Cette Germaine, c'est plus difficile à endurer qu'un furoncle où je me pense !

L'épouse du garde se retourne, furieuse.

– Qui c'est qu'a dit ça ? Qu'il se montre et je lui tords le cou !

– Tu tiens à accompagner le Polyte en prison ?

Le garde vole au secours de sa femme.

– Je lui conseille pas de continuer à celui qui se montre pas, sinon je me fâche pour de bon !

– Fais-moi peur, hé, cocu !

Le maire détourne l'attention en embrassant Marniac sur les deux joues. Le chef s'en étonne :

– Vous faites calin avec un assassin, Monsieur le Maire ?

– Non, avec mon plus vieil administré et je dis bien haut que ceux qui ont le cœur de l'insulter sont des moins que rien !

La Germaine beugle :

– T'entends, Sans Peur ?

Prudent, le garde se contente de hausser les épaules et de proposer :

– Rentrons, ma grande, on n'a rien à faire parmi les amis d'un meurtrier !

En réplique, Vesselier prend la main du vieux et la serre longuement.

– T'es quelqu'un, Hippolyte... on est fier de toi !

Les gendarmes et leur gibier arrivent à leur auto lorsque Philibert sort de derrière la voiture :

– Alors, vieux, t'as pas fini de jouer au con ?

⁂

Au soir de cette journée mémorable, on se presse au café et les conversations vont bon train. Naturellement, on ne parle que du crime. Fernand Belleguette profite d'un creux dans les discussions pour affirmer :

– Moi, je pense que le vieux Marniac a rendu service au pays en nous débarrassant de cette charogne de Léon !

Sans Peur, extrêmement choqué, proteste :

– T'as pas le droit de causer d'un mort de cette façon !

– Et moi, je te conseille de pas venir nous casser les pieds après ce que t'as laissé faire à ta sacrée Bon Dieu de femme ! Tu devrais savoir une bonne chose, Sébastien : quand on n'est pas foutu de porter la culotte dans son ménage, on se tait !

Le maire ajoute :

– C'est vrai ce que raconte Fernand, Sans Peur... Votre Germaine, c'est une affreuse ! Nous ici, on se demande comment vous vous y prenez pour la supporter ?

Mazoires hausse des épaules accablées en murmurant :

– Il y a si longtemps...

On lui paie une chopine pour lui remonter le moral.

⁂

Avec l'arrestation d'Hippolyte Marniac, Sauvenat-le-Tranquille s'est découvert une merveilleuse raison de rompre avec le train-train quotidien. L'absence sert la cause du vieux. On oublie l'horreur de son geste pour plaindre celui qui, à plus de septante ans, connaît une triste fin de vie. Par un curieux retournement de l'opinion, on s'apitoie davantage sur le meurtrier que sur sa victime. Sans doute, ne prend-on pas carrément parti. Par exemple, personne ne s'aviserait de dire : Hippolyte a eu raison de tuer Léon Rocherousse, mais on procède par réflexions, aux contours imprécis, par allusions à telle ou telle faiblesse qui ne justifie pas un crime bien sûr, tout en atténuant le côté odieux ou encore par des rappels de vilains aspects du comportement du défunt. Du genre :

– Faut reconnaître, hein, entre nous, que ce Léon, il valait pas tripette...

– Y en a une qui doit être soulagée...

– Tenez, moi, je serais plutôt content pour la Corniaude qui recevra plus ses râclées !

– Elle devra une fière chandelle à l'Hippolyte !

– Vous voyez, ce vieux, sous ses airs un peu fous, il tenait à son Odile... Il pouvait plus supporter l'idée qu'elle lui en ait fait porter à cause du Léon.

– C'est rare qu'un homme aime assez sa femme pour préférer aller en prison plutôt que de vivre avec un vilain souvenir.

– Au fond, si la Corniaude avait rien dit...

– Elle a jamais été bien maline.

L'opinion, à Sauvenat-le-Tranquille, suit de curieux cheminements. Deux ou trois jours après l'arrestation d'Hippolyte, elles se retrouvent à quelques-unes chez la douce Amélie Vesselier, l'épicière. A la suite de différentes remarques proférées par les unes et par les autres, le magasin se transforme en une sorte de petit forum encerclé par les cageots de légumes et les boîtes de conserves. Tel un chœur de pleureuses qu'on n'a pas payé assez cher pour qu'elles se donnent à fond, les clientes entament une sorte de louange discrète du clan Marniac dont elles détaillent les vertus et les qualités. Pataude et maladroite comme à son habitude, la Corniaude fait irruption dans cette complainte à plusieurs voix pour réclamer des carottes. On l'accuse aussitôt de manquer de cœur.

– Moi ? et pourquoi ? j'arrête pas de pleurer le Léon !

– C'est que t'as du temps à perdre !

– C'était mon mari !

– Tu vas pas prétendre que tu regrettes les torgnoles qu'il t'administrait, des fois ?

– Non... Dans un sens, je suis plus tranquille.

Fanfare avance son large visage frémissant d'une passion mal contenue.

– Et à qui tu la dois ta tranquillité ?

– A... à... Dieu !

– A Hippolyte, espèce d'andouille ! Grâce au vieux, tu pourras enfin vivre et tu l'as remercié en l'envoyant en prison jusqu'à la fin de ses jours !

– Moi ?

Suzanne Belleguette renchérit.

– Tu l'as peut-être pas dénoncé aux gendarmes ?

– Ils m'ont demandé...

– T'avais qu'à répondre que tu savais rien, que t'avais rien vu !

– J'ai pas osé mentir aux gendarmes.

Maria Étarté conclut le débat avec une mauvaise foi qui ne choque personne.

– En tout cas, si le pauvre vieux meurt de chagrin d'être enfermé, lui qui aimait tant courir les bois, ça sera de ta faute.

Dans un soupir, Fanfare ajoute, perfide :

– Je voudrais pas être à ta place, ma pauvre Rosalie...

Il y a tant de commisération dans la voix de la tenancière du café que la Corniaude est, d'un coup, suffoquée par les larmes et sort en courant mais n'a pas couvert une vingtaine de pas qu'elle se heurte à Germaine Mazoires à qui elle conte les avanies subies à l'épicerie. L'épouse de Sans-Peur aurait mérité le sobriquet de son mari. Elle fonce à la boutique et, du seuil, apostrophe les clientes de l'Amélie :

– Qu'est-ce que c'est que ces histoires ? Paraît que vous rendez la Corniaude responsable de l'arrestation d'Hippolyte ?

Maria Étarté glapit :

– Elle l'a dénoncé, non ?

– Et alors ? Vous êtes donc du côté du criminel contre le pauvre Léon ?

Suzanne Belleguette flûte :

– Ton pauvre Léon, c'était une carne !

– Tu devrais avoir vergogne, une traînée comme toi de...

Fanfare se jette dans la mêlée.

– Germaine, fais la loi chez toi ! Ici, fous-nous la paix !

La Mazoires craint un peu la Berthe Ségonzat.

– Avoue tout de suite que t'es contre la loi et ceux qui la font appliquer ?

– Bon Dieu ! écoutez ça, vous autres ! La fille d'un braconnier connu de tout le canton et braconnant elle-même, qui prend la défense des gendarmes !

Elles éclatent de rire et l'épouse du garde doit battre en retraite sous ces railleries qui la blessent plus que des injures. Elle court chez le curé pour lui annoncer que le diable est en train de faire des ravages parmi ses ouailles.

⁂

Assise près de son fourneau – sa place habituelle – la veuve Rosalie Rocherousse ne réussit pas à croire qu'elle est, désormais, libre de vivre à sa guise, de se coucher quand il lui plaira, de se lever lorsqu'elle le voudra et, surtout, qu'elle n'a plus à craindre les méchancetés d'un mari qui l'a prise pour souffre-douleur. Elle s'apprête à monter dans sa chambre, où elle dormira merveilleusement seule, mais elle suspend son geste en entendant gratter à la porte. D'abord, elle a peur et manque crier, puis s'enhardissant, elle s'approche de l'huis et s'enquiert :

– Qui c'est qu'est là ?

– Philibert.

– Tu veux quoi, Matru ?

– Te causer.

– A cette heure ?

– Bah ! à mon âge, tu risques pas d'être compromise !

Elle rit. Ce Philibert, il sait toujours plaisanter. Elle lui ouvre.

– J'ai pensé, ma Rosalie, que t'as peut-être besoin de

compagnie. Je me suis laissé raconter que les bonnes femmes s'étaient pas montrées gentilles avec toi.

– Gentilles !

La Corniaude énumère les reproches qu'on lui a adressés et termine en disant qu'elle ne se doutait pas que Marniac l'Ancien était aussi aimé dans le pays.

Philibert hausse les épaules.

– Il ne l'était pas.

Elle le regarde, surprise.

– Alors, pourquoi ?

– Parce que nous menons une vie trop calme. On le remercie de mettre du nouveau dans nos existences. Enfin, si t'es tranquille, c'est ça l'important. J'ai toujours eu une grosse amitié pour toi, Rosalie... Un peu comme si t'avais été ma fille... et j'en voulais à Léon de se conduire à la façon qu'il se conduisait avec toi. Voilà... je suis venu juste pour te dire que tu peux compter sur moi, si on te cause des misères.

– Merci, Philibert.

Le Matru a beau être un vieux, la porte refermée, la Corniaude écoute décroître le pas de Philibert sur le chemin, un pas d'homme.

2

Jamais Mme Coudour n'a vu son mari d'aussi charmante humeur. Lui qui, d'ordinaire, ne cesse de se plaindre, de maugréer, de dénoncer le mépris de l'avocat général et l'indifférence du premier président à son endroit, ne critique plus ses collègues et cela parce que, grâce à l'affaire Marniac, il va prendre une revanche éclatante et démontrer à ceux qui n'arrêtent pas de le critiquer, qu'il est un excellent juge d'instruction. Un matin, au petit déjeuner, Marguerite Coudour ose interroger son époux :

– Est-ce que je me trompe, Barthélemy ? Il me semble que vous vous portez fort bien, en ce moment, et votre caractère devient moins sévère ?

– Exact, chère amie. Jamais je ne me suis senti en pareille forme. Je m'apprête, figurez-vous, à remporter la victoire que j'espère depuis si longtemps, avec l'affaire Marniac.

– Ce vieil homme qui a tué un de ses contemporains pour une histoire d'infidélité ?

– Ta ! ta ! ta ! c'est ce dont ce finaud essaie de nous persuader. En réalité, il s'agit d'une sordide question d'intérêt. La victime refusait de vendre un champ que son meurtrier convoitait. Aussi simple que cela. J'ai pu boucler le dossier en quelques mois, ce qui ne s'était pas vu depuis des années. En réalité, mon amie, j'ai littéralement mâché la besogne pour l'avocat général et le président. Ils n'ont qu'à se laisser porter. J'espère que vous assisterez au procès ?

– Avec joie !

– Je compte sur vous pour m'en donner un rapport fidèle. Vu le travail accompli, les débats seront, sans doute, très courts. D'ailleurs, aujourd'hui même, je dois signifier à ce malheureux avocat, commis d'office – Me Falgoux – que l'instruction est achevée. Je me demande ce que le pauvre bonhomme pourra plaider. Excusez-moi, Marguerite mais je file au Palais.

Ayant déposé un baiser aussi sec que rapide sur le front de sa compagne, M. Coudour se hâte vers son bureau où l'attend le dossier dont il est si fier.

⁂

En cette belle journée de mai, il y a neuf mois qu'Hippolyte Marniac est parti de Sauvenat-le-Tranquille entre deux gendarmes. Peu à peu, les passions se sont apaisées. L'impératif des saisons a pris le pas sur les colères inutiles. On ne tient plus rigueur à la Corniaude d'avoir envoyé le vieux en prison et sans certaines maladresses, Hippolyte se serait, jour après jour, effacé de la mémoire du village. Les fermiers songent essentiellement à leurs travaux et savoir s'il va pleuvoir ou non, redevient pour eux, plus important que les histoires de feu Rocherousse et de son rival. La Corniaude a retrouvé sa place dans Sauvenat. Antonin Marniac ne pense qu'à son amour pour Christine Falaitouze. Pour la conquête de celle-ci, l'instituteur se perd dans les méandres d'une stratégie amoureuse destinée à faire choir la jolie fille du facteur-receveur dans les rêts du mariage. Seuls, Albert et Julie Marniac souffrent de l'absence de l'Hippolyte, mais pour des raisons différentes. Albert est malheureux de savoir son père en prison et se dépêche de lui rendre visite chaque fois qu'il en a permission. Julie, elle, supporte mal la honte accablant le nom qu'elle porte. Elle se montre le moins possible au village et en veut à son mari de cette réclusion qu'elle s'impose. Elle a tort car Hippolyte compte encore de nombreux partisans. Ces hommes guettent l'arrivée d'Albert, de retour d'une visite à son père, pour avoir des nouvelles du vieux, tant au point de vue santé que de son moral. Invariablement, le fils déclare :

– Pour ce qui est de la santé, il a rarement été si dru... Il pète le feu ! Il dit qu'il a pas de souci. Il dort et il mange. Quant au moral, il emmerde tout le monde parce qu'il est persuadé qu'il doit tout régenter, comme chez nous. Les prisonniers l'écoutent en rigolant engueuler les gardiens qui, à cause qu'il est vieux, osent pas l'obliger à se taire.

Après avoir entendu Albert, les anciens rentrent chez eux en carrant les épaules, persuadés, par l'exemple de Marniac, qu'on ne fabrique plus des gars de leur trempe.

⁂

Il est vrai que, même dans le cabinet du juge d'instruction, le vieux prisonnier ne semble absolument pas intimidé. M. Coudour, installé dans ses certitudes, se sent plus fort, plus assuré que jamais. Seul, le jeune avocat, Michel Falgoux, paraît être dans ses petits souliers ainsi qu'il en donne l'impression chaque fois qu'il doit assister son client.

– Hippolyte Marniac, c'est, sans doute, la dernière fois que nous nous rencontrons.

– Dommage, je me plaisais bien, chez vous.

– Cessez de faire le pitre, je vous prie ! N'oubliez pas que vous allez jouer, sinon votre tête, du moins votre liberté !

– A mon âge, ça n'a guère d'importance.

– Maître, conseillez-lui de se taire !

L'avocat s'empresse d'obéir.

– Voyons, monsieur Marniac, montrez-vous raisonnable. Écoutez et taisez-vous...

– A quoi ça sert que j'écoute si je peux pas parler ?

Le juge reprend la direction des débats.

– La prochaine session des Assises aura lieu en octobre. Par suite d'une affaire renvoyée... l'inculpé étant malade... votre procès sera inscrit au prochain rôle. Donc, dans cinq mois au plus, vous serez jugé. Mon dossier est prêt et je vous précise qu'il est au point et ne laisse place à aucune ambiguïté.

– Du bon boulot.

M. Coudour regarde son client, regarde l'avocat, se demandant si le vieux se moque ou non de lui. Il se décide pour la négative et poursuit.

– Toutefois, je souhaiterais que vous compreniez qu'il n'y a aucun piège dans mon exposé. Vous reconnaissez, sans qu'on exerce sur vous la moindre pression, que vous avez tué Léon Rocherousse ?

– Et comment ! A Sauvenat-le-Tranquille, ils étaient plusieurs à vouloir se débarrasser de cette carne de Léon et, c'est moi qui ai eu le culot de le démolir, moi seul !

— Je vous remercie de votre franchise qui m'a facilité la tâche. Pourquoi avez-vous assassiné Rocherousse ?

— Je vous l'ai répété cent fois : à cause d'Odile.

— Votre femme, je sais... Vous imaginez que Rocherousse a eu des rapports clandestins avec feu votre épouse...

— J'imagine pas, je suis sûr !

— Sur quoi repose votre conviction ?

— Sur ce qu'on m'a raconté.

— Allons ! Marniac, montrez-vous donc sincère jusqu'au bout ! De l'enquête qui a été menée à Sauvenat-le-Tranquille, il apparaît qu'Odile Marniac vous a toujours été fidèle... Cette enquête a démontré, de plus, que la réputation de Léon Rocherousse, en tant que coq du village, était très surfaite et relevait davantage de la légende que de la réalité.

— C'est vous qui le dites !

— Et je le dis, Marniac, parce que je suis convaincu que vous n'êtes point sot. J'ai donc été obligé de me demander pour quelles raisons vous invoquiez une excuse calomniatrice envers quelqu'un ne pouvant se défendre et à laquelle, à Sauvenat même, personne n'ajoute foi. Marniac, vous avez tué Rocherousse, non pas pour venger un honneur intact, mais parce qu'il refusait de vous vendre les Billaudes.

— En v'là une autre !

— Vous jouez les naïfs, Marniac, mais vous ne m'avez pas trompé ! Rocherousse, à seule fin de vous exaspérer, s'entêtait à ne pas vous céder un champ qu'il laissait à l'abandon et dont vous aviez besoin.

– C'est l'Albert qui le voulait ce champ, pas moi ! Moi, je m'en fous pas mal des Billaudes !

– Je ne vous crois pas !

– Eh bien ! vous vous fourrez le doigt dans l'œil ! Tout malin que vous êtes, Monsieur le Juge, vous avez pas l'air de comprendre que lorsqu'on a dépassé de beaucoup la septantaine, ce n'est pas ce qui est sur la terre qui nous intéresse, mais ce qui se passe dessous !

– A votre guise. Le jury nous départagera. Adieu, Marniac. Au revoir, maître et bonne chance.

Sitôt l'avocat et son client partis, M. Coudour se fait annoncer chez l'avocat général. Celui-ci le reçoit avec cette condescendance qui lui est habituelle dans ses rapports avec les autres magistrats.

– Alors, que m'annoncez-vous, mon bon ami ?

– Rien. Je vous apporte le dossier Marniac. L'affaire est inscrite au rôle des prochaines Assises.

– Je connais l'histoire. D'une simplicité enfantine, non ?

Une manière détournée de rabaisser le travail de son visiteur qui sent la moutarde lui monter au nez.

– Si cela a été facile pour moi, ce ne sera qu'une amusette pour votre grand talent !

– Je ne m'amuse jamais quand je réclame la tête d'un homme.

– Je n'en doute pas !

– Trêves de réflexions inutiles... Il n'est pas besoin de vous demander si le dossier est complet ?

– Pas besoin, en effet.

– J'espère qu'on n'y trouvera point matière à cassation ?

– Aucun danger.

– Dans ce cas, il ne me reste plus qu'à vous remercier.

Courtoisement congédié, M. Coudour se lève, salue de la tête, sans prendre la main qu'on lui tend, ce dont se montre fort dépité M. l'avocat général qui se précipite chez le premier président, Charles Aymos que dans l'intimité, sa femme appelle Lolo.

Le président se trouve à deux ans de la retraite et il souhaiterait qu'on lui fiche la paix. Hélas ! le rêve s'avère impossible avec un juge d'instruction qui le harcèle sur des points de règlement dont personne, jusqu'ici, ne s'est soucié et avec un avocat général qui estime le monde entier indigne de se mesurer à lui.

– Que se passe-t-il, cher ami ?

– Pas grand-chose, sinon que M. Coudour vient de me remettre – estimant l'instruction terminée – le dossier Marniac. Il lui aura fallu pas mal de temps pour instruire un procès qu'un magistrat moyennement intelligent eût bouclé en deux ou trois mois.

– M. Coudour est comme il est... un consciencieux...

– Un tâtillon, plutôt !

– Si vous voulez, mais qu'y pouvons-nous ?

– Seulement lire de très près ses recommandations afin que nous ne soyons pas des proies faciles pour la défense ! Rappelez-vous le procès Bréhand ! Nous avons eu bonne mine !

– Je préfère ne pas m'en souvenir... Je vous promets d'étudier attentivement toutes les pièces du dossier.

– Je n'en demande pas plus. J'agirai de même de mon côté.

***

A Sauvenat, l'annonce de la date du procès Marniac ravive les passions que l'on se figurait sinon éteintes, du moins très amorties. Pour les défenseurs du vieux qui s'étaient persuadés qu'Hippolyte goûtait, quelque part dans la région, des vacances méritées, la réalité, brusquement, crève le tissu léger de leurs songes. Ils prennent conscience de ce qu'Hippolyte risque de ne plus revenir à Sauvenat. Ils en éprouvent une subite rancœur contre ceux qui l'ont envoyé en prison ou, du moins, qui ont approuvé son départ. On recommence à se chamailler chez les commerçants et, un soir, la Germaine Mazoires reçoit une raclée qui la garde huit jours au lit sans qu'elle puisse dénoncer ses agresseurs. Du coup, la Corniaude se barricade chez elle dès la tombée de la nuit. Auguste Rascoupet, curé de Sauvenat, et homme de sens rassis, mis au courant de ce qui agite ses ouailles, décide de frapper un grand coup.

Un dimanche matin, après la messe, le prêtre convoque les habitants de Sauvenat à la salle d'œuvre où on se rassemble une fois par an pour un dîner familial au soir de la fête du saint patron de la commune. Ce coup-ci, on est venu, poussé par la curiosité. Les hypothèses vont bon train, mais aucun n'a prévu ce que M. Rascoupet leur dit. Le prêtre commence sur un ton familier, qui ne laisse en rien présager la suite.

– Mes chers amis, si vous le voulez bien, nous allons d'abord réciter, ensemble, un Pater et un Ave pour que Dieu constate la pureté de nos saintes intentions.

Un grand et pieux bourdonnement emplit la pièce. Quand il est éteint, M. Rascoupet reprend la parole :

– Vous savez tous que notre pauvre frère, Hippolyte Marniac doit répondre de son forfait devant les hommes avant de s'en expliquer avec Dieu. Dans quelques semaines, nous saurons ce qu'il adviendra de notre vieil ami. Je vous propose – pour essayer d'infléchir la colère du Seigneur et le supplier de prendre en pitié le malheureux pêcheur – de nous réunir ici à chacun des huit derniers jours précédant le procès, afin de prier en faveur d'Hippolyte Marniac.

La Germaine Mazoires – qu'on eut cru propulsée par un ressort – jaillit du troupeau pour glapir :

– Jamais je prierai pour cet assassin et c'est honteux qu'un curé veuille mettre les secours de la religion au service d'un criminel.

– Salope !

– Cancrelat !

– Ordure !

– Vous entendez comme ils me traitent parce que je veux défendre la mémoire du Léon ?

Fanfare se dresse à son tour.

– L'Hippolyte, il est moins criminel que toi, parce que toi, tu assassines ton mari à petit feu !

Fernand Belleguette renchérit :

– C'est sûr que s'il avait quelque chose dans sa culotte, le Sans-Peur, y a longtemps qu'il t'aurait fait taire !

Le prêtre essaie d'apaiser cette tempête.

– Mes enfants, voyons ! Oubliez-vous que nous sommes sous le regard de Dieu ! Germaine Mazoires, de quel droit jugez-vous, vous qui serez jugée ?

Hélas, personne n'est plus en état d'entendre des paroles raisonnables. La Julie Marniac quitte sa chaise, se faufile jusqu'à la Germaine et lui flanque une solide paire de gifles. Sans-Peur, désirant protéger sa femme, attrape la Julie par un bras en vociférant :

– Vous avez pas honte ?

Albert, croyant qu'on moleste son épouse, fonce comme un buffle et catapulte le Sans-Peur qui file s'écraser contre le mur au bas duquel il demeure, en tas. A son tour, le maire décide de faire acte d'autorité et se jette en avant. Il a le malheur de rencontrer, sur son chemin, François Chaubouret qui, nourrissant contre lui, une vieille rancune, profite de l'occasion pour lui asséner, de toute sa force – qui est grande – un maître coup de poing dans la figure. Henri Escouailloux s'écroule sans même un soupir. Retrouvant brusquement l'énergie des femmes d'avant l'histoire qui n'hésitaient pas à se mêler au combat quand leurs mâles flanchaient, Lucienne Escouailloux se précipite sur l'épouse du boucher dans l'intention évidente de lui griffer le visage. A cet instant, il se produit un phénomène dont les témoins ne devaient plus perdre le souvenir. Doigts recourbés en griffes, la mairesse, pour atteindre Élise Chaubouret, doit passer devant la blanche et molle Maria Étarté qui attrape la Lucienne Escouailloux par les cheveux, la fiche par terre et se laisse tomber sur elle, ce qui suffit pour faire perdre le souffle à sa victime. Une autre surprise de ce combat est de voir M. Falaitouze y tenir sa partie. Le facteur-receveur n'a nullement le désir de se mêler à ce pugilat lorsque, se retirant du champ de bataille où un fonctionnaire ne saurait se commettre, un voyou pince le derrière de sa fille dont le cri oblige son père à se retourner. Mis au courant de l'attouchement malhonnête subi par son enfant, il conseille à sa femme et à sa fille de rentrer dare-dare à la poste puis, revenant vers le groupe où se cache le malappris, il lui adresse un discours cinglant jusqu'au moment où le chenapan proclame :

– Tu sais que tu nous les casses, pépé ? Tu devrais mettre les fesses de ta fille sous cloche, si tu tiens pas à ce qu'on y touche !

M. Falaitouze en reste la bouche ouverte, le temps de reprendre ses esprits. Ensuite, il s'avance vers le grossier personnage avec la sérénité de celui qui a le bon droit pour lui, mais un coup de pied anonyme le précipite vers l'insulteur qui, croyant à une attaque cogne le premier. Voici comment le facteur-receveur de Sauvenat-le-Tranquille perdit sa dignité de fonctionnaire en faisant le coup de poing et en jouant de la savate dans une histoire qui ne le regardait en rien.

Quand cet ultime incident éclata, M. Rascoupet avait, depuis longtemps, regagné son église et suppliait Dieu de rendre la raison à ces forcenés.

***

Au café, on commence la bataille tandis que Fanfare console celui-ci, soigne celui-là. Dans l'ensemble, on se félicite d'avoir vaillamment soutenu la cause d'Hippolyte. Deux familles de Sauvenat-le-Tranquille, demeurées chez elles, ne digèrent pas la raclée reçue. D'abord, le maire et sa femme. Leurs douleurs leur semblent d'autant plus vives qu'ils ne comprennent pas. Escouailloux grogne :

– Ce Chaubouret... si je m'étais attendu... Pourquoi m'en veut-il ?

– Et cette grosse molasse de Maria, qui aurait pu penser qu'elle s'en prendrait à moi ?

– Il faut des aventures comme celle que nous avons vécue pour que les gens montrent leur vrai visage ! Mais, attention ! Ils me le paieront !

Ensuite, Frédéric Falaitouze qui se croyait sinon aimé, du moins respecté de tous et dont les plaies ne sont rien, en regard de l'amertume qui le bouleverse. A son retour au bercail, sa femme et sa fille s'étaient empressées de le remettre en état. Parce qu'il fallait bien que le facteur-receveur se vengeât sur quelqu'un, paradoxalement et très humainement, il s'en prit à celles qui le soignaient.

– Tout ce qui est arrivé est de ta faute, Christine ! Une fille bien ne se laisse pas pincer le derrière !

– Mais j'ai crié ! Que voulais-tu que je fasse d'autre ?

– Gifler le garçon qui s'était permis de...

– Comment je l'aurais repéré ? Je n'ai pas des yeux dans le dos !

– Si tu travaillais ton examen des postes...

– Je ne veux pas entrer aux P.T.T. !

– En voilà une autre ! Et pourquoi, s'il te plaît ?

– Parce que je ne tiens pas à finir dans un bureau comme celui-ci avec, pour seule distraction, de me faire peloter par des ploucs !

Sur cette déclaration, Christine quitte la pièce, laissant ses parents effondrés.

⁂

Philibert rabote une planche lorsque Fernand Belleguette entre dans l'atelier.

– Salut, Matru !

– Salut, Biganche !

Le boiteux s'assied sur l'unique chaise qu'il débarrasse des morceaux de bois l'encombrant.

– Tu travailles tard...

– De l'ouvrage qui presse.

Fernand crache dans les copeaux et s'essuie soigneusement la bouche avant de remarquer :

– On t'a pas vu à la salle paroissiale ?

– Tu sais que les bondieuseries, c'est pas tellement dans mes idées.

– Alors, t'es pas au courant ?

– Si et je regrette pas de pas avoir été mêlé à cette bagarre.

– C'était marrant.

Philibert s'interroge sur ce que son visiteur entend par là.

– On s'est cogné dur.

– Pas bien malin...

– Faut bien rigoler un peu de temps... Et si t'avais vu le facteur encaisser une torchée de première, ça valait le déplacement... et le François Chaubouret ! Il a étendu le maire d'un seul coup de poing !

– Dis donc !...

– Mais le plus formidable, ça a été de voir la Maria Étarté se réveiller et aplatir la Lucienne Escouailloux sur le plancher, qu'il a fallu un quart d'heure pour la ranimer.

– Tu commences à me donner des regrets... et la Corniaude ?

– Elle a pas bougé. C'est la Germaine Mazoires qui a tout déclenché.

– La Corniaude, c'est pas une mauvaise créature.

– Le Léon lui menait la vie dure. Paraît qu'il s'arrêtait pas d'y cogner dessus.

Le menuisier reste un moment silencieux, puis :

– Les femmes, elles vous cassent souvent les pieds, mais quand elles sont plus là, on sait plus vivre.

– T'as raison... Sans ma Suzanne, je me demande ce que je deviendrais... Elle est pas tellement heureuse, la pauvre... Elle ose pas se mêler aux autres à cause de son passé, tu comprends ?

– Je comprends.

– Cette saloperie de Germaine a appris – va deviner

comment ! – que ma femme, quand elle travaillait à Saint-Étienne, tu vois ce que je veux dire, on l'appelait « beaux tétons » et Suzanne meurt de peur que l'autre garce lui lance ça en public.

Philibert pose son rabot, ôte son tablier et annonce :

– Je causerai à Sans-Peur.

Ému, Belleguette bredouille :

– Pourquoi tu fais ça ?

– Parce que j'estime ta Suzanne et mon Hermance aurait été contente que je la défende.

⁂

Les Mazoires, ayant avalé leur soupe, mangent un morceau de fromage. Ils ne parlent pas, mastiquent lentement, longuement. Soudain, Germaine, relevant la tête, annonce :

– Quelqu'un s'amène...

A son tour, Sans-Peur prête l'oreille et attrape l'écho d'un pas.

– Qui ça peut être ?

– On va savoir.

On cogne à la porte.

– Entrez !

Philibert se montre sur le seuil.

– Toi ?

– Je suis venu pour causer.

– Assieds-toi...

– Non.

– Qu'est-ce que tu portes là ?
– Ma serpe.
– Drôle d'idée ! Y a longtemps qu'on s'en sert plus.
– Moi, si.
Sans-Peur offre :
– Tu boirais pas un canon ?
– Non.
L'attitude du Matru commence à énerver Germaine.
– Puisque t'es venu pour causer, cause ! On t'écoute...
– J'aime bien Suzanne Belleguette.
Les Mazoires se regardent, incompréhensifs. Sans-Peur demande :
– Entre nous, Matru, qu'est-ce que tu veux que ça nous foute ?
Germaine ricane :
– Peut-être qu'il a été de ses clients dans le temps ?
– J'aurais préféré être le sien que le tien.
– Tu t'amènerais-t'y chez nous pour nous insulter ?
Le garde tente de ramener le calme.
– Bon, t'aimes bien la Belleguette, et alors ?
– Je défends qu'on en dise du mal.
– Qui c'est qui en dit du mal ?
– Ta garce de femme...
Les Mazoires veulent se jeter sur Philibert mais la lame de la serpe dresse une barrière fulgurante entre Germaine et son hôte. Celle-là recule, les yeux exorbités.
– T'oserais quand même pas !
– Si... Écoutez-moi tous les deux. Je suis pareil à l'Hippolyte. J'ai passé les septante de peu, mais je les ai passés. La justice, je m'en fiche. A mon âge, on peut plus

me couper le cou et en prison, je serais pas plus malheureux que chez moi où j'ai personne. Je me suis mis dans le crâne d'empêcher qu'on embête la Suzanne. Elle s'est pas bien conduite autrefois. Elle a payé. Alors, qu'on la laisse tranquille, sinon je me fâcherai.

Germaine crâne :

– Je suis supposée avoir peur ?

– Tu devrais.

– Parce que ?

Philibert marche sur elle, sa faucille au poing. Paralysé, Sans-Peur ne croit pas à la réalité de ce qu'il voit et sa femme, la bouche ouverte sur un cri qui ne sort pas, lève les mains comme pour supplier. Quand il est à la toucher, le menuisier déclare :

– Si j'apprends que t'as sali la Suzanne ou que t'as répété les vilains surnoms qu'on lui donnait autrefois, avec ma faucille je te fends la goule. Lorsque tu te regarderas dans la glace, en sortant de l'hôpital, tu te rappelleras de moi.

Sans ajouter un mot, Philibert sort et longtemps après son départ, les Mazoires n'osent pas parler.

3

Christine Falaitouze, bien assez préoccupée de son propre destin, se moque éperdument du sort d'Hippolyte Marniac. Elle vit dans un monde à elle où Sauvenat n'a pas sa place ni ses familiers. Elle s'aime trop pour se soucier des autres. A son réveil, après avoir dévotement passé en revue les photos meublant sa chambre, elle se pèse et mesure avec soin, son tour de poitrine, son tour de hanche et son tour de cuisse. Elle note soigneusement ses mensurations dans un carnet où sont inscrites celles d'une douzaine de vedettes avec qui, Christine se persuade avoir des points communs.

La petite Falaitouze n'est pourtant pas sotte, mais son isolement et la vie quotidienne avec ses parents, la déprime. Elle se défend en rêvant. Quand, en se promenant, elle rencontre des gens de Sauvenat, elle ne leur prête aucune attention parce que perdue dans ses songes. On la tient pour pimbêche. On la juge vaniteuse et méprisante.

Après le dîner, Christine a l'habitude de s'offrir une promenade. Les jours sont longs et elle ne risque pas d'être effrayée par quoi que ce soit. Sur la place, elles sont une demi-douzaine en train de bavarder. Christine leur passe sous le nez sans les saluer. Sitôt qu'elle s'est éloignée de quelques pas, les langues vont bon train.

— Non, mais dites, pour qui qu'elle se prend, celle-là ?

— Ah ! c'est bien la fille de son père !

— Qu'est-ce que vous voulez, ma pauvre, les chiens font pas des chats !

— Ça fait rien, la laisser aller seule, presqu'à la nuit !

— Si quelque malfaisant la trousse, ça sera pas la peine qu'elle se plaigne !

— Après tout, c'est peut-être ce qu'elle cherche ?

On n'est pas meilleur qu'ailleurs à Sauvenat-le-Tranquille.

Au cours de son périple vespéral, Christine aime à se rendre du côté de la menuiserie et souvent, elle y entre pour souhaiter le bonsoir à Philibert auprès de qui elle se sent en confiance. Le Matru la tutoie. A son âge, on peut tutoyer les filles sans que cela tire à conséquences.

– Bonsoir, monsieur Philibert.

– Bonsoir, mon petit. Alors, te voilà encore sur les chemins ?

– J'aime le soir... On est tranquille.

– Tu as raison. La nuit efface tout ce qui est moche dans le jour.

– Vous sortez souvent quand les autres sont couchés, n'est-ce pas ?

– Souvent, oui... Débarrassé d'eux, je peux réfléchir.

– A quoi ?

– A des choses qui sont pas pour les gamines. Où vas-tu ?

– Au hasard.

– T'aurais pas un rendez-vous, des fois ?

– Quelle idée !

– Allons ! Tu me feras pas croire que t'as pas des amoureux plus frais que moi ?

– Bien sûr qu'il y en a qui me tournent autour, mais ils m'intéressent pas. Je veux quitter Sauvenat.

– T'as peut-être raison, mais prends ton temps avant de te décider, parce qu'une vie foutue, on n'en arrive jamais au bout.

Christine abandonne son vieil ami pour s'enfoncer

dans le soir. Elle n'a pas couvert deux cents mètres qu'elle se heurte à l'instituteur.

– Christine ! quel hasard...

– Ça va, Paul, ne me prenez pas pour une gourde !

– D'accord ! je vous suis depuis un bon bout de temps. Je vous ai vue entrer chez Philibert.

– Et alors ?

– Je me demande ce que vous lui trouvez à ce vieux radoteur ?

– Paul, par moments, je me demande, moi, si en dépit de votre métier, vous n'êtes pas encore plus stupide que la moyenne des gens de la commune ?

– Mais...

– Parce qu'il faut être stupide, monsieur Espinat, pour traiter de radoteur le seul type intéressant de Sauvenat. Bonsoir !

– Écoutez, je...

– Je vous ai dit bonsoir !

Plantant là son amoureux maladroit, la jeune fille s'éloigne.

Christine approche de la poste par le haut, c'est-à-dire par les champs, quand Antoine Marniac la rejoint. Celui-là la touche davantage que l'instituteur. Il est plus naïf et sûrement plus sincère. Tout le pays est au courant de sa passion pour la petite Falaitouze. Quelques-uns le plaignent, la plupart le moquent.

– Bonsoir.

– Bonsoir, Antonin...

Elle disparaît dans l'ombre qui va s'épaississant d'instant en instant. Aussi longtemps qu'il le peut, le garçon suit des yeux la tache claire de la robe de Christine puis, maussade, il retourne à la ferme. Son arrivée déclenche la colère de Julia.

– C'est maintenant que tu rentres ? Ton père est déjà monté se coucher. T'as de drôles de façons, fils et je peux pas dire qu'elles me plaisent ! Assieds-toi que je te verse la soupe.

– J'ai pas faim...

– T'as pas faim ! et pourquoi que t'as pas faim ?

– J'sais pas...

– Menteur ! J' vas te dire, moi, pourquoi que t'as pas faim ! parce que t'es pareil à ces chiens qui refusent de manger quand ils sentent une chienne en chaleur dans les parages !

– Maman !

– Y a pas de maman ! ose me répondre que t'as pas été encore voir cette garce et qu'elle t'a pas envoyé promener !

– Si...

– Oh ! celle-là, si je la tenais !

– C'est pas de sa faute, si je l'aime !

– Imbécile ! Tu te rends donc pas compte qu'elle s'amuse à te faire tourner en bourrique ? Mais Sainte Mère de Dieu, n'importe quelle autre fille que tu trousseras te montrera le même panorama.

– Je veux pas que tu parles comme ça !

– Tant que t'es ici, t'as pas à commander ! mange et tais-toi !

Antonin, dompté, se met à manger sa soupe. Après avoir vidé son assiette, tandis que Julie dépose devant lui un reste de pot-au-feu et de la moutarde, il avoue :

– Maman... j'ai une grosse peine.

La mère sent son cœur fondre et retrouve dans ce grand gars costaud, le gamin d'autrefois. Elle prend place sur le banc à côté de lui et lui caresse les cheveux.

– Faut te répéter, mon petiot, que le mal d'amour, il a jamais tué personne ailleurs que dans les chansons...

***

Paul Espinat essaye de faire comprendre aux plus grands de ses élèves le mécanisme des fractions lorsqu'une auto s'arrête devant la porte de l'école. M. Marceau Granieux, inspecteur primaire en descend. M. Granieux est un petit homme replet au cheveu rare, d'une courtoisie à toute épreuve et qui est célèbre dans l'Académie pour sa passion des parfums. Espinat exerce assez bien son métier pour ne pas redouter une inspection. Lorsque M. Granieux entre, les senteurs des jardins pénètrent avec lui. Les petits plus habitués aux effluves de l'étable, en restent cois. La stupéfaction les rend sages.

La classe terminée, l'inspecteur sort avec le maître.

– Mon cher, je suis très content de vous et mon rapport portera la marque de cette satisfaction.

– Je vous en remercie.

– Il n'y a pas de raison... J'aimerais vous arracher à ce trou, mais les postes à pourvoir sont rares... J'en aurais bien un à Riotord qui vous irait comme un gant, malheureusement c'est un poste double, et vous n'êtes pas marié.

– Quand ce poste sera-t-il libre ?

– A Pâques de l'an prochain.

– Je serai peut-être marié, d'ici là.

– Rien ne me ferait autant plaisir... Avertissez-moi au plus tôt.

⁂

Les conseillers municipaux de Sauvenat se rendent à la mairie. Ils se demandent pour quelles raisons Escouailloux les a convoqués d'urgence.

Le maire attend ses amis, debout sous le buste de la Cinquième République. Quand chacun est assis, Henri Escouailloux prend la parole.

– Mes chers collègues, je vous ai priés de venir ce soir, parce que nous avons une décision importante à prendre, une décision dont peut dépendre l'avenir de Sauvenat.

L'intérêt les fige sur leurs chaises.

– Voilà... Les établissements Rarinet souhaiteraient obtenir l'autorisation d'installer sur la commune une usine de montage.

Le garde s'enquiert :

– Qu'est-ce qu'ils fabriquent, ces gens-là ?

– Des trucs électroniques... C'est une industrie propre.. Pas de risque de pollution.

Vesselier donne son opinion :

– Monsieur le Maire, étant le plus instruit de nous tous, on aimerait connaître votre avis ?

Flatté, Escouailloux se gratte longuement la gorge avant de répondre.

– Je suis convaincu que l'installation de Rarinet sur notre territoire, serait des plus profitables à la commune par suite du gonflement de nos ressources par les impôts locaux, les achats des employés. Je pense que nous devrions accepter.

Belleguette proteste :

– On risque de plus être chez nous !

Le maire raille l'opposant :

– Il faut vivre avec notre temps, mon vieux. Si vous tenez tellement à la solitude, vous êtes sûr de la retrouver au cimetière. Nul ne viendra vous y troubler.

Le boulanger, fort pieux, proteste :

– Sauf Dieu !

– Si vous voulez... Alors, nous passons au vote ?

Philibert réclame la parole :

– Cette usine, où c'est qu'on va la construire ?

C'était la question primordiale et tous s'étonnaient de pas l'avoir posée. Un peu gêné, Escouailloux réplique :

– Sur le champ des Billaudes.

Chacun se regarde, doutant d'avoir compris.

– Vous parlez des Billaudes de Rocherousse ?

– Vous en connaissez d'autres ?

– Qu'en pense la Corniaude ?

– Mme Rocherousse a donné une option à Rarinet.

Vesselier secoue la tête.

– Ça ! alors...

Chaubouret a le mot de la fin.

– En somme, Hippolyte aura tué le Léon pour rien.

A l'unanimité, le conseil municipal vote la motion présentée par le maire.

***

Dès la sortie des conseillers municipaux, Sauvenat bouillonne. En apprenant la pré-vente des Billaudes, les esprits s'échauffent. Les uns se disent heureux pour la Corniaude, d'autres la déclarent hypocrite, il y en a, enfin, pour plaindre les Marniac. Les curieuses n'y tiennent pas longtemps et en début d'après-midi, elles se groupent à cinq ou six pour grimper rendre visite à la veuve Rocherousse. Celle-ci ouvre des yeux ronds en voyant les nouvelles venues. Elle les invite à entrer et, en personne qui connaît les bonnes manières, elle fait asseoir tout le monde et prépare le café. Les visiteuses se taisent, se contentant de se jeter de furtifs coups d'œil pour deviner laquelle d'entre elles portera la première attaque. Quand la maîtresse de maison a rempli les tasses, Fanfare se décide :

– On est ici pour te féliciter.

– Me féliciter de quoi ?

– D'avoir réussi à vendre les Billaudes ?

– Oh ! j'y suis pour rien... Quelqu'un d'ici a été voir Rarinet et moi, j'ai eu qu'à répondre oui ou non.

– Mais qui c'est qui a fait la démarche pour toi ?

– C'est un secret.

– Et t'as vendu gros ?

– Ça se dit pas.

Élise Chaubouret interroge :

– Qu'est-ce que tu feras de tes sous ?

– Lorsque j'aurai vendu aussi le domaine, je m'installerai à Saint-Etienne.

Germaine Mazoires soupire :

– T'as de la chance...

Amélie Vesselier remarque que leur hôtesse regarde la femme de Sans-Peur d'une bizarre façon.

– J'en ai assez enduré dans ma chienne de vie.

Suzanne Belleguette s'étonne :

– Pourquoi que t'as pas vendu aux Marniac qui en avaient tant envie ?

– Parce que je pouvais pas vendre à ceux qui ont tué mon mari !

– L'Albert et la Julie y sont pour rien !

– Pour moi, c'est tous, mauvais et compagnie !

La Suzanne examine longuement son hôtesse et dit doucement :

– Des fois, Rosalie, à force de vivre avec un méchant, tu serais pas devenue méchante, toi aussi ?

***

Au café, Fanfare ne s'arrête pas de poser des chopines de vin rouge sur les tables autour desquelles, les hommes de Sauvenat discutent de la grande nouvelle de la journée : l'implantation d'une usine dans leur coin. Les plus optimistes boivent à l'argent qui coulera à flots dans la caisse de la municipalité et qui permettrait d'envisager les améliorations dont le village a grandement besoin.

Les grognons se lamentent déjà sur le futur bouleversement du décor qui leur était cher parce que leur enfance y courait encore. A ceux-là, on assure qu'ils sont des vieux ramollis, ennemis du progrès.

Résumant l'opinion générale, François Chaubouret estime :

– C'est quand même une brave journée... – et revenant à ce qui semble le préoccuper le plus, il ajoute – pourtant, je tire peine à cause de l'Hippolyte... Sans être d'accord sur ce qu'il a fait, je peux pas m'empêcher de penser qu'il va, sans doute, finir ses jours en prison pour un crime qui peut pas lui servir puisque la Corniaude vend les Billaudes à l'usine.

Escouailloux hausse les épaules.

– Il pouvait pas le deviner...

Philibert remarque :

– Qu'est-ce qui vous prouve, monsieur le Maire, que le marché a pas été entamé du vivant du Léon ?

Le menuisier prend un temps avant d'exprimer le fond de sa pensée.

– Ça serait bougrement intéressant d'apprendre qui c'est qu'a mené l'affaire.

Vesselier, qui n'est pas finaud, interroge :

– Pourquoi ?

– Parce que celui ou celle qu'a fait ça, il est un peu responsable de ce qui est arrivé... S'il avait parlé, Hippolyte aurait appris que les Billaudes lui échappaient et il aurait pas tiré sur Léon.

Il y a un petit silence puis Fanfare approuve :

– Y a du vrai dans ce que tu nous racontes, Matru...

Philibert pose son argent sur la table, se lève et renchérit :

– Sûrement qu'y a du vrai, ma grande et pas plus tard que demain matin, je vas en toucher un mot à l'Albert qui pourrait en causer à l'avocat. Des fois que ça soulagerait la responsabilité de l'Hippolyte ?

***

Les couvertures tirées jusqu'au menton, Philibert, les yeux clos, son grand nez pointé vers le plafond, dort paisiblement. Soudain, ses narines frémissent, sa respiration s'accélère, ses paupières s'ouvrent lentement. Il hume profondément et comme électrisé, saute à bas de son lit, enfile ses pantoufles et, en chemise de nuit, dévale l'escalier menant au rez-de-chaussée. Le Matru vit trop, depuis son enfance, dans la hantise du feu, pour perdre son temps à s'habiller sitôt qu'il en devine la présence.

Philibert respire quand il se rend compte qu'il n'y a pas de flamme dans l'atelier. Cependant, l'odeur devient plus forte et de la fumée s'infiltre dans le local. Le hangar ! La provision de bois sec ! Bannière au vent, le Matru bondit dehors et court au hangar où brûle un petit feu qui, heureusement, a été alimenté avec des branches trop vertes. Il suffit de quelques seaux d'eau pour réduire à néant la tentative criminelle. Le menuisier réintègre son lit, non sans avoir chargé son fusil de chasse.

CHAPITRE III

1

Philibert se réveille de fort méchante humeur et qu'on soit un dimanche n'y change rien. Il n'a pas digéré la tentative d'incendie dont il a été victime. Le Matru n'est pas un violent, mais il n'oublie rien et entend que chaque dette soit payée. Il se jure que celle contractée par l'incendiaire, le sera.

⁂

Le chef Marcenat s'affirme, en chaque circonstance, un excellent défenseur de la loi. Cependant, il déteste qu'on le dérange le dimanche. Ce matin-là, il entre, harnaché dans le bureau où, généralement, le jour du Seigneur, il n'apparaît qu'à l'heure de l'apéritif. Dès qu'il a ouvert la porte, le chef crie :

– Landeyrat ! aux ordres !

Jules se précipite.

– Jules, sortez l'auto, nous partons.

– Où allons-nous, chef ?

– Chez Philibert Prassinet, le menuisier de Sauvenat. Paraît qu'une crapule a essayé de le faire griller avec sa baraque, cette nuit.

– Oh !

– Comme vous dites ! et ce type, Jules, je ne lui conseille pas de tomber entre mes pattes, parce que les incendiaires, je ne les aime pas, mais alors, pas du tout !

Le gendarme Landeyrat se contente d'approuver d'un signe de tête, sachant par expérience que, dans ces moments-là, son supérieur saute sur le prétexte le plus futile pour donner libre cours à la rage qui l'habite.

Sur le pas de sa porte, Philibert, rasé de frais, dans son beau costume dominical, guette l'arrivée de ces messieurs. Lorsque Jules arrête la voiture devant la menuiserie, Marcenat en descend et, négligeant les civilités et remerciements du Matru, il interroge d'un air rogue :

– Qu'est-ce que c'est que cette histoire ?

Sans répondre, le menuisier, comprenant que la température n'est pas au beau fixe, fait signe aux gendarmes de le suivre. Ils lui emboîtent le pas et le menuisier les conduit dans le hangar où il leur montre les restes du foyer criminel que Landeyrat examine et dont il retire un morceau de chiffon qui sent encore le pétrole dont on l'a imbibé.

– Heureusement que ce n'était pas de l'essence...

Jérôme tranche.

– Bien observé, Jules. Un citadin aurait employé de l'essence.

– C'est donc quelqu'un du coin.

– Exact... Philibert, vous vous connaissez des ennemis ?

– Pas que je sache.

– Bien. Vous allez reprendre depuis le début. Le gendarme Landeyrat vous fera signer votre déposition et demain, nous commencerons notre enquête.

⁂

Au café, on commente passionnément le passage de la police qui a seulement traversé Sauvenat dans les deux sens. Tout le monde s'interroge sur le pourquoi de cette visite rapide. Chacun émet une hypothèse qu'un autre détruit aussitôt. Le plus vexé, c'est le maire qui ne comprend pas que les gendarmes soient venus dans sa commune sans qu'il en ait été averti et sans qu'ils aient jugé bon de le saluer. Il ne peut deviner que le chef Marcenat et le gendarme Landeyrat, dérangés dans leurs habitudes, n'avaient qu'une hâte : rejoindre des épouses tendrement aimées.

Belleguette dit :

– Ils seraient pas allés chez les Marniac pour leur demander quelque chose à propos du père ?

Escouailloux, à travers la vitre, montre Albert et son fils.

– Ils sont là. S'ils avaient eu affaire aux gendarmes, ils seraient au moins en retard.

Sans-Peur cogne sur la table.

– Alors, vingt dieux de vingt dieux, pourquoi qu'ils se sont amenés, Marcenat et son copain?

– Parce que je les ai appelés.

Dans un silence impressionnant, tous se tournent vers Philibert et le maire demande :

– Qu'avez-vous dit?

– Que c'est moi qui ai appelé les gendarmes. Quand on a eu fini de causer, ils m'ont ramené jusqu'à l'entrée du village.

Vesselier, le premier, donne son avis.

– T'as quand même de drôles d'idées, Philibert...

Très sec, le maire affecte un air supérieur pour interroger le Matru.

– Serait-ce exagéré de vous prier de nous confier pour quelles raisons vous avez cru bon d'alerter la gendarmerie?

– Parce que cette nuit, un enfant de cochon a tenté de me griller avec ma maison.

Tellement déconcertés, les uns et les autres n'arrivent plus à mettre deux idées à la suite l'une de l'autre. Le premier, Escouailloux recouvre son sang-froid.

– Vous êtes certain de ce que vous avancez?

– Certain et les gendarmes partagent mon avis.

Sans-Peur gémit.

– Ça alors...

Chaubouret s'exclame :

– Mais enfin, Philibert, personne t'en veut au point de te tuer!

Fanfare renchérit:

– Et d'aussi vilaine façon !...

Ce à quoi le Matru réplique :

– Faut croire que si.

La maire tient à avoir le dernier mot.

– En admettant que tout ceci soit vrai, pourquoi ne pas nous en avoir parlé tout de suite ?

– Parce que je suis pas sûr, Monsieur le Maire, que mon enfant de cochon d'incendiaire, il soit point parmi nous, en ce moment.

Le tumulte que déclenche cette opinion est apaisé par les cloches annonçant aux fidèles le commencement de la messe. Cédant à un réflexe quasi millénaire, ils abandonnent le café pour se hâter vers la maison du Seigneur.

⁂

M. Rascoupet, curé de Sauvenat, ayant été appelé à faire une retraite de quinze jours, a été remplacé pour la célébration des offices et l'assurance des devoirs annexes par son collègue de Réfontaine, l'abbé Firmin Merviel. Ce dernier, à l'inverse de celui dont il prenait la place pour un temps, est un quinquagénaire colérique, doué d'une force herculéenne qui, avec son mauvais caractère et sa brutalité, a créé sa légende. L'évêché le regarde d'un œil soupçonneux et s'il n'était un des plus vigilants gardiens de la Foi dans le diocèse, on l'eut, depuis longtemps, expédié dans quelque couvent perdu.

M. Merviel a une manière bien particulière de célébrer l'office dominical. Il prêche à la façon d'un émir proclamant la guerre sainte et sa liturgie relève davantage du manuel de l'officier d'infanterie en campagne que de la douceur traditionnelle du prêtre aidant ses ouailles à trouver Dieu. En sortant de la sacristie pour entrer dans l'église, M. Merviel est scandalisé par le brouhaha qui y règne depuis qu'on sait l'attentat dont a été victime le Matru. Le prêtre, avant de gravir les marches de l'autel, se retourne vers l'assistance et déclare d'une voix forte :

– J'aimerais assez qu'on respecte le saint lieu et qu'on se taise ! Il semble qu'à Sauvenat, on ait des habitudes qui ne me plaisent guère ! Cessez donc de penser à vos futiles préoccupations et souciez-vous un peu plus de Dieu !

Escouailloux, assis au premier rang avec sa femme, sourit en écoutant cette admonestation. Ce n'est pas du goût de l'abbé qui s'approche de la table de communion et lance au mari de Lucienne :

– Ça vous amuse, ce que je raconte ?

– Pas spécialement.

– Alors, pourquoi ce sourire idiot ?

– Je vous prie de me parler sur un autre ton ! Je suis le maire de Sauvenat !

– Et alors ? Pour moi, vous n'êtes qu'un pécheur parmi des pécheurs ! De plus, à votre place, je ne me vanterais pas d'être à la tête d'une commune où les vieillards s'entretuent !

Sur ce, M. Merviel grimpe à l'autel et entonne le « Kyrie Eleison » à la façon du vainqueur s'enivrant dans le rythme d'un chant triomphal. Dans l'assistance, personne n'ose bouger. C'est au tour de François Chaubouret de lire l'Évangile du jour. En passant près du prêtre, il lui glisse un billet que le curé met sur la chaise où il se repose avant son prêche. Ceux qui le surveillent le voient sursauter et frapper du poing sur sa cuisse. A peine les fidèles ont-ils clos d'un «Ainsi soit-il» vigoureux la lecture du boucher que le prêtre se précipite vers la chaire (qu'on n'utilise plus depuis belle lurette) en grimpe les marches quatre à quatre sous les yeux effarés des gens de Sauvenat et, sans reprendre haleine, se penche – au risque de basculer cul par-dessus tête – et hurle :

– Allez-vous finir, race de Caïn !

Dans le silence qui suit cet exorde, on croit entendre voler un papillon.

– Je n'aurais jamais cru qu'un jour viendrait où Sauvenat prendrait place parmi les villes citées par les Écritures et qui ont lassé la patience du Seigneur ! Alors, il ne vous suffit pas qu'un vieil homme à moitié fou, en tue un autre aussi fou que lui pour satisfaire votre soif de scandale ? Il a fallu que l'un ou l'autre d'entre vous, cette nuit, essaie de mettre le feu à une maison où dormait un brave homme, risquant de lui apporter une mort atroce ! A l'auteur de ce méfait, je déclare publiquement : l'ami, pendant les deux semaines que je dois rester ici, arrange-toi pour ne pas me tomber entre les mains parce que, ce ne serait pas au nom de la loi des hommes, mais de celle de Dieu que je te massacrerais ! En attendant, je ne vous donnerai pas la communion aujourd'hui parce que je vous tiens pour des excommuniés en puissance et je n'entends pas déposer l'hostie dans vos bouches souillées par le mensonge, la calomnie et la lâcheté ! Allez passer ce saint jour à vous soûler ! A faire l'amour sur la paille comme des bêtes, car vous n'êtes que des bêtes ! Et que ceux qui ne sont pas contents de mon discours, viennent me le dire après la messe. Nous nous expliquerons !

***

Ils se sont groupés en paquets de cinq ou six, hommes et femmes, essayant de comprendre les menaces du prêtre dans leur réalité matérielle. Ils ne comprennent pas pourquoi on les rend responsables de fautes commises par d'autres. M. Falaitouze donne, très haut, son avis :

– En tout cas, personne, fût-ce ce prêtre, n'a le droit de nous injurier ! Je pense que Monsieur le Maire serait bien inspiré de se plaindre à l'évêque !

Une rumeur d'approbation ponctue l'invite du facteur-receveur jusqu'au moment où Philibert remarque à haute voix :

– Et vous ajouterez, sans doute, que M. Merviel s'est trompé ? qu'il a menti ? que Léon n'a pas été assassiné ? qu'un abominable n'a pas voulu me faire griller, cette nuit ?

Le préposé aux P.T.T. réplique sèchement :

– Ça c'est vous qui le dites !

– Non, pas moi, les gendarmes !

– Vous racontez tellement d'histoires !

– M. Falaitouze, comme tous à Sauvenat, je savais que vous étiez un imbécile... Aujourd'hui, je sais, de plus, que vous êtes un lâche, refusant la vérité qui le gêne.

Certains s'arrêtent de déglutir dans l'attente de la réaction de l'insulté. Celui-ci, blême, crie :

– Si vous n'étiez un vieillard à moitié gâteux...

– Ce n'est pas vrai !

L'intervention inattendue de Christine achève de compliquer le jeu.

– Non, ce n'est pas vrai, papa. M. Philibert est un des plus intelligents du pays !

Cette trahison désempare M. Falaitouze.

– Christine ! contre ton père ! ton propre père !

– Je ne veux pas que tu te montres injuste !

– Rentre à la maison, effrontée !

Le plus grave, pour le facteur-receveur, est que sa femme, tant par son sourire que par son silence, ne semble pas désapprouver la révolte de son enfant. Par la suite, il y en eut pour affirmer qu'elle donnait l'impression de savourer une revanche. Quant à Christine, pour les uns, elle témoignait de sa mauvaise éducation et aurait dû recevoir, sur-le-champ, la correction que son impertinence méritait. Pour les autres, elle n'était rien moins qu'une sainte prête à tout sacrifier sur l'autel de la vérité. Les plus malins avaient remarqué que l'instituteur et le fils Marniac s'étaient montrés disposés à en découdre pour défendre leur belle et, du coup, les bavardes s'en donnèrent à cœur joie sans se soucier des colères du curé. Quant au maire, dès le début de l'incident, il s'était retiré des débats avec son épouse.

⁂

Sitôt terminée l'algarade entre le postier et Philibert, les Marniac sont rentrés chez eux. Julie marche en tête avec une telle vigueur que son mari et son fils comprennent qu'elle bouillonne intérieurement. A peine sont-ils de retour dans la grande salle basse de leur ferme que la mère, sans prendre le temps d'enlever son chapeau, s'attaque à Antonin :

— Il serait temps que tu cesses de te conduire comme un idiot !

— Mais...

— Tu trouves peut-être qu'on parle pas assez de nous, en ce moment ?

Albert tente de calmer son épouse :

— Écoute, Julie...

— Toi, tais-toi ! Puisque t'es pas capable de nous faire respecter, laisse-moi, au moins, le soin de nous défendre !

Énervé, Antonin proteste :

— Mais enfin, qu'est-ce qu'il y a, encore ?

— Attention ! prends pas ce ton, si tu veux pas que je te colle une gifle !

Albert hausse les épaules et déclare, écœuré :

— Le curé a raison... Nous sommes devenus une bande de païens qui pensons qu'à nous blesser les uns les autres...

— Si je te comprends bien, Marniac (elle l'appelle ainsi dans ses mauvais moments) tu estimes que ton fils s'est bien conduit en se portant au secours de cette fille effrontée ?

Le garçon, indigné, proteste :

– Mais, j'ai rien dit !

– T'avais pas besoin de parler ! Ton attitude suffisait !

– Christine avait raison ! Pourquoi son père s'en est-il pris à Philibert ?

Le père approuve hautement son rejeton :

– Philibert, c'est le meilleur et le plus malin de nous tous !

Julie refuse de céder.

– Je cause pas de Philibert, mais de cette garce qui transforme notre garçon en guignol !

– Maman !...

– Assez ! Je vous avertis : si les choses continuent de la sorte, j'irai la trouver votre Christine et je lui confierai ce que je pense d'elle. Maintenant, ça suffit, mettez-vous à table et taisez-vous !

***

Au même moment, toutes portes closes, M. Falaitouze, en présence de Madeleine, sa femme, exprime à Christine, leur commune enfant ce qu'il pense d'elle et de sa conduite.

– Comment as-tu osé, en public, soutenir l'agresseur de ton père ?

– Tu l'avais attaqué !

– Parce qu'il cherche le scandale en racontant des histoires destinées à le mettre en dette !

– Tu l'accuses d'avoir mis le feu à sa propre maison ?

– Je dis qu'il ment !

– Et les gendarmes aussi ! Tu serais bien inspiré de ne pas répéter ça devant les gendarmes, ils pourraient se figurer que c'est toi, l'incendiaire !

– Oh ! tu l'entends, Madeleine ? Puisque tu te conduis de la sorte, tu resteras enfermée dans ta chambre où tu prépareras ton concours.

– Non !

– Non ?

– Je ne veux pas entrer dans les postes !

– Oh !

– Je vous le répète encore une fois : je rêve d'autre chose que de passer ma vie derrière un guichet en attendant d'épouser un collègue qui m'offrira une existence aussi médiocre que celle que tu as réservée à maman !

– Petite misérable ! Boucle ta valise et fiche le camp !

– D'accord !

– Assez !

Cette injonction inattendue lancée d'une voix autoritaire par la grise et silencieuse Madeleine les interloque. Mme Falaitouze regarde son mari bien en face :

– Si Christine part, je pars avec elle.

Abasourdi, le facteur-receveur balbutie :

– Tu... tu partirais ?

– J'ai supporté ces vingt-trois années d'ennui pour Christine. Sans elle, je n'ai aucune raison de rester !

– Mais... et moi ?

— Toi, tu as tes registres, tes annuaires, ton composteur, tes tampons, tes notes de service et tes états en triple exemplaire. Cela suffira toujours à ton bonheur.

La mère et la fille tombent dans les bras l'une de l'autre puis, Madeleine, se détachant de son enfant, revient à son mari.

— Pourquoi t'en es-tu pris à Philibert ?

— Il m'a traité d'imbécile.

— Que veux-tu, mon pauvre ami, il fallait bien qu'un jour ou l'autre, quelqu'un te le dise.

⁂

Chez les Marniac, le déjeuner n'avait pas été gai. Chacun, muré dans sa rancune, n'avait pas prononcé un mot. Quand il a fini de manger, Albert se lève et glissant dans sa poche son couteau qui ne le quitte jamais, prévient :

— Faut se dépêcher, Antonin !

Aigre, Julie s'exclame :

— Vous allez encore là-bas ?

— Tu penses pas que je vais abandonner le père, à présent ?

— Oh ! celui-là... quand on pense que le Bon Dieu rappelle à Lui tant de braves gens...

— Je te défends de dire du mal du père !

— Un assassin ?

— Tant qu'il a pas été jugé, personne a le droit de l'accuser ! Prépare-lui son paquet !

– Enfin, heureusement qu'il en a plus pour longtemps !

– De telles paroles devraient te brûler la bouche !

– Lui, il brûlera de partout, quand il sera en enfer !

– Continue comme ça et tu vas la prendre ta pâtée !

– Il aura pas suffi à ce vieux mal pendu de nous déshonorer, faut encore qu'il te pousse à me cogner !

Profitant de ce que sa mère reprend haleine, Antonin signale :

– On a frappé.

– Qui c'est qu'a frappé ?

– Comment je le saurais ?

– En allant ouvrir, babet !

Le garçon obéit et Philibert se montre.

– Salut la compagnie... on peut entrer ?

Julie grogne :

– On n'a pas la peste !

Albert l'excuse :

– Prête pas attention, elle est plutôt sur les nerfs. T'es venu... ?

– Pour te demander si tu vas voir le père, aujourd'hui ?

Julie ricane :

– Sûr qu'il y manquera pas ! Se montrer à la prison, vous parlez ! Y a de quoi être fier ! Il préférerait abandonner sa femme et son bien plutôt que de pas porter des gâteries à son brigand de père ! Tiens ! j'aime mieux m'en aller !

Tandis que son épouse grimpe l'escalier, Marniac soupire :

– Ces bon dieu de femmes !
– Ouais... mais quand on les a plus, hein ?
– Sans doute... Maintenant, tu me dis ce qui t'amène ?
– Je voudrais écrire à l'avocat de ton père. Me faudrait son adresse.
– Pourquoi, que tu veux lui écrire ?
– Je souhaiterais assister au procès comme témoin à décharge. Tu comprends qu'y en a pas mal qui vont cogner, sur l'Hippolyte, alors qu'y en ait au moins un qui parle pour lui, c'est juste, non ?
Sans répondre, Albert étreint le menuisier.

***

On est, maintenant, près de la date d'ouverture du procès d'Hippolyte Marniac. Il ne s'agit plus que d'une question de jours. Au fur et à mesure que le grand moment approche, Sauvenat fermente avec de plus en plus de force. On a le sentiment que le bonheur de chacun, dans le village, d'ordinaire si paisible, dépend du verdict des juges de Saint-Étienne. Ceux qui n'aiment pas les Marniac – clan que conduit le maire Escouailloux – sont enclins à transformer la victime en une sorte d'être légendaire chez qui la bonté le disputait avec l'intelligence ; et cela en dépit de ce que nul n'ignore : à savoir que Léon Rocherousse avait été un individu méprisable à tous les points de vue. Seulement, les louanges imméritées dont ils accablent le défunt, leur permettent de stigmatiser plus cruellement encore le meurtrier. Au contraire, dans le clan adverse, mené par Fernand Belleguette qui, pour complaire à sa femme, entre en révolte contre le maire, on peint un portrait sans complaisance du mort. On rappelle ses nombreux défauts et sa méchanceté qui a tellement irrité le pauvre Hippolyte qu'il en est venu à l'extrémité que l'on sait. Dans les deux rues de Sauvenat, on se croise sans s'adresser la parole et les séances du conseil municipal dégénèrent vite en joutes oratoires où l'on ne se ménage guère. Au village, il n'y en a que deux qui ne se mêlent pas à cette bataille : Philibert et la Corniaude. Le premier, interrogé, déclare, pour expliquer sa conduite, qu'il se débite à cette heure assez de conneries pour qu'il ne soit pas tenté d'ajouter sa quote-part. La seconde répond à ceux et celles qui s'étonnent de son apparente indifférence qu'elle ne peut chanter les vertus d'un homme qui en manquait totalement et que, de plus, étant la veuve, elle ne tient pas, en accablant, l'assassin, à donner l'impression de poursuivre une vengeance personnelle. Dans cette prise de position, les uns discernent l'indice d'une âme de qualité, tandis que d'autres y dénoncent une sécheresse de cœur qui ne doit pas surprendre de la part de quelqu'un dont on ignore les origines. En bref la situation est si tendue à Sauvenat-le-Tranquille qu'il suffirait d'un rien pour la faire éclater.

Ce rien a lieu le samedi matin précédant le procès de quarante-huit heures. Le drame qui, pour la première fois de son histoire, allait démentir l'épithète de Tranquille, accolée à Sauvenat depuis des temps immémoriaux, débute de la façon la plus banale. Germaine Mazoires, revenant de l'épicerie, rencontre le facteur-receveur à qui elle explique que son mari, cité par l'accusation, déposera contre l'assasin avec force et franchise. Par malheur, voilà la Suzanne Belleguette qui passe au même moment et Germaine ne peut se tenir de lancer à pleine voix :

– Monsieur Falaitouze... vous trouvez pas que, brusquement ça sent la morue ? Je me demande d'où que ça peut venir ?

Le postier, horriblement ennuyé, ignore quel doit être le comportement d'un fonctionnaire en pareil cas. Suzanne le tire d'embarras en s'approchant et en confiant à Germaine :

– Tu sais que t'es une ordure ?

– Je te permets pas de...

Mme Belleguette prend délicatement un œuf dans son panier et l'écrase sur la figure de sa rivale qui se met à hurler. Falaitouze, voulant s'interposer, reçoit à son tour un œuf sur le menton et sa tunique s'en trouve désagréablement souillée. Unissant ses forces et ses cris à ceux de la Mazoires, il tente de maîtriser Suzanne qui, reculant pas à pas, épuise sa provision d'œufs, au grand dam des apparences respectives de l'épouse de Sans-Peur et du proposé. Naturellement, le tumulte déclenché par les combattants attirent les curieux. Le garde et Belleguette – qui boivent leur première chopine au café – se précipitent. En découvrant sa femme dans l'état où elle est, Sans-Peur jure de fort vilaine façon et se jette sur Suzanne qu'il ceinture tandis que Germaine, ayant recouvré la vue, après avoir débarrassé ses paupières du magma les soudant, s'apprête à foncer sur la Belleguette. Mais, un maître coup de pied – dû à Fernand Belleguette – l'envoie s'aplatir sur la poitrine du facteur où elle demeure collée. L'humiliation d'abord, la rage ensuite, galvanisent les Mazoires qui, en compagnie de Falaitouze, ivre de vengeance, s'élancent d'un commun élan sur Fernand. Le boiteux succomberait à l'attaque combinée des alliés du moment si le boucher n'arrivait à la rescousse. Fervent partisan d'Hippolyte et batailleur en diable, François Chabouret saute sur l'occasion d'échanger quelques horions avec ses ennemis. De la main droite, il agrippe le facteur par le col de sa tunique et de son poing gauche, qui ressemble à un jambonneau, il frappe Falaitouze avec une telle vigueur à la mâchoire, que l'agent des PTT s'écroule, inanimé. Puis, c'est le tour de Sans-Peur qui, hébété, se retrouve à quatre pattes, un filet de sang lui coulant du nez. Revigorée par ce changement de fortune, Suzanne, armée de la côte de bœuf qu'elle vient d'acheter, en gifle à tours de bras, Germaine qui vacille sous les chocs.

Alerté par ses élèves, Paul Espinat apparaît. Sans doute, prudent, ne se mêlerait-il pas à la querelle si Antonin Marniac, en se montrant, ne réveillait sa jalousie. Il veut profiter de l'occasion pour régler un vieux compte et se précipite sur son rival. Cette fois, c'est du sérieux. Dans cet échange de coups portés avec des han ! de bûcheron, le fils Marniac a assez vite le dessus. L'arrivée du maire sauve Espinat d'une défaite humiliante. Escouailloux adresse une courte harangue à ses concitoyens. Irrité de ne pas être entendu et encore moins obéi, le maire se glisse follement au milieu de la mêlée dans le but de séparer les furieux. Il ne sut jamais qui l'avait frappé mais le fait est que quelques secondes après son intervention, il est étalé sur le sol, le nez dans la poussière.

L'histoire menaçait de fort mal tourner si, ce samedi-là, le chef Marcenat et le gendarme Landeyrat n'avaient fait un tour à Sauvenat pour remettre aux témoins – Escouailloux, Mazoires et l'institueur – leurs convocations. Ils reviennent de chez Philibert – que sur sa demande, l'avocat de la défense appelle à la rescousse – quand, effarés, ils découvrent le surprenant spectacle qui leur est offert. Dévoués à la loi, courageux par nature, le chef et son adjoint – telle la Garde à Waterloo – entrent dans la mêlée. Le premier qu'ils distinguent est Falaitouze, assis par terre, des lettres éparpillées autour de ses jambes. Marcenat se plante devant lui :

– Vous estimez vraiment que c'est une tenue pour un fonctionnaire ?

Le regard vague du postier s'accroche aux bottes du chef, remonte le long des culottes, reprend son ascension jusqu'au visage courroucé du brigadier et le facteur-receveur balbutie :

– Qu'est-ce qu'il y a ?

– Il y a que je vous conseille de vous lever, de ramasser le courrier dont – je vous le rappelle – vous êtes responsable et de filer revêtir une tenue décente. Je serais navré de rédiger un rapport sur vos incartades.

Pendant ce temps, le gendarme Landeyrat sépare, à grand renfort de bourrades et d'injures, les ultimes antagonistes. Le plus long à se réveiller est le maire qui, les autres s'étant dispersés, se retrouve seul au sol, couvert de saletés. Il promène autour de lui, un œil hébété, et marmonne :

– Tous en prison!... tous... assassins! émeutiers!

Landeyrat aide Escouailloux à se relever. Le chef contemple sévèrement le premier magistrat de Sauvenat :

– Monsieur le Maire, je ne vous adresse pas mon compliment.

– Hein? quoi? qu'est-ce que vous racontez?

– Je dis que se conduire ainsi quand on exerce votre charge est un scandale!

– Mais... mais...

– Je serais curieux de savoir ce qu'en pense madame votre épouse ?

– Ce que je fais ne la regarde pas !

Le brigadier se tourne vers Lucienne Escouailloux qui accourt :

– Est-ce votre avis, madame?

Ce que débite la mairesse à son conjoint déroute les gendarmes. Ils n'auraient jamais cru Mme Escouailloux susceptible d'user d'un tel vocabulaire.

⁂

Le retour de Frédéric Falaitouze au domicile conjugal crée une certaine sensation dans le milieu familial. Christine et sa mère, durant plus d'une heure, usent de mercurochrome et de sparadrap pour tamponner les ecchymoses et fermer les coupures. Quand elle eut achevé sa tâche, la femme du blessé gronda :

– Tu avais bien besoin de t'occuper de ces histoires !

Christine ajoute son grain de sel :

– Et pour épouser, une fois encore, la mauvaise cause !

– Je ne te permets pas de...

– C'est vrai à la fin ! Tu te précipites toujours au secours des mauvais !

– Mme Mazoires...

– ... est une horrible mégère et tu le sais !

– La Belleguette n'avait pas à lui casser un œuf sur la tête !

– On m'a renseignée ! Il paraît que ce monstre de Germaine avait traité la pauvre Suzanne d'un bien vilain nom !

– D'accord... mais qu'est-ce que tu veux... Mme Belleguette est une ancienne...

– Et puis après ? ça remonte au déluge ! et il faut être une brave dégoûtante pour le lui rappeler en public ! si maman t'avait trompé, tu serais content qu'on t'appelle le cocu de Sauvenat ?

– Tu as des comparaisons qui sont des insolences à l'égard de ta mère et au mien ! Madeleine, j'aimerais que tu grondes ta fille et que tu lui affirmes – solennellement – que tu n'as jamais oublié ton devoir !

– Christine, je n'ai jamais trompé ton père, hélas ! J'espère que, le cas échéant, tu seras moins timorée que moi.

– Madeleine !

– Frédéric, file achever ta tournée et cesse de nous casser les pieds !

⁂

Cette nuit-là, dans nombre de lits conjugaux, il y a des gémissements dus à des corps endoloris et d'interminables séries de jurons relevant d'esprits préoccupés par la rancune. Sauvenat-le-Tranquille baigne dans un climat de hargne, du coucher au lever du soleil.

Le jour où l'on jugeait Hippolyte Marniac devait demeurer dans toutes les mémoires des habitants du village. Le maire s'est levé de meilleure heure que de coutume. Estimant qu'en raison de sa place sociale et de ses qualités, sa déposition sera le clou du procès, il étudie devant la glace de l'armoire des attitudes destinées à impressionner le jury. Quant à la manière dont il s'exprimera, il n'a aucun doute, ce sera génial. De son lit, Lucienne admire son mari. Cependant, âme sensible, elle s'inquiète – au cas où on déciderait de couper le cou d'Hippolyte – des responsabilités encourues par son époux, devant Dieu. Escouailloux rassure sa tremblante compagne :

– Tu n'as pas de souci à avoir, Lulu. Je serai juste, mais ferme. Tu me connais assez pour savoir que j'agirai selon ma conscience.

Chez les Mazoires où l'on a sauté du lit au petit matin, Germaine s'emploie à réchauffer l'enthousiasme défaillant du garde.

– Sébastien, j'ai confiance en toi : tu vas m'envoyer cet assassin d'Hippolyte à la guillotine !

– J'ai pas le pouvoir de...

– Si ! à condition que tu racontes tout ce dont cet abominable est capable !

– Je ne sais pas grand-chose...

– Ce que tu te rappelleras pas, t'auras qu'à l'inventer !

– Oh ! mais qu'est-ce qu'il t'a fait l'Hippolyte pour que tu lui en veuilles à ce point-là ?

– Ça te regarde pas !

– T'expliques guère !

– Y a rien à expliquer ! Le vieux a tué Rocherousse, on doit le tuer ! Ça rabattra le caquet de ces Marniac et de tous ceux qui les soutiennent ! En tout cas, je te préviens, Sébastien, si Hippolyte sauve sa tête, vaudrait mieux que tu rentres pas !

Partant de ce principe que, dans son village, le tenancier du café est le mieux placé pour connaître les secrets de chacun, l'accusation a appelé Antoine Ségonzat, à témoigner. Pour que son époux ne lui fasse pas honte, Fanfare a pris les choses en mains. Elle a enfermé son mari dans leur chambre, durant les quarante-huit heures qui ont précédé leur descente à Saint-Étienne. Au matin de ce jour terrible, Fanfare lave, habille Sébastien et l'oblige à boire un demi-litre de café noir, sans écouter ses gémissements.

– C'est peut-être bien toi qui y passeras aux Assises pour m'avoir empoisonné !

– Tais-toi et bois !

– Un petit verre... un tout petit verre de marc et, je te jure que je me sentirais mieux...

– Non !

– Tu veux que je te dise, Berthe ? T'es pas humaine !

– Je le serai encore moins si tu les aides à condamner le Polyte ! Moi, je l'aime bien ce vieux et puis il fait marcher notre commerce.

– Il peut boire quand il a soif, lui...

***

Les Marniac se sont réveillés comme à l'ordinaire, sauf Julie qui descend à la cuisine alors que son mari et son fils ronflent encore. Lorsqu'il arrive, à son tour, dans la cuisine pour déjeuner, Albert siffle de surprise en constatant que sa femme s'est habillée en dimanche.

– C'est-y que tu viendrais avec nous ?

– Je ne tiens pas à ce que le pays pense que je me cache quand il nous arrive un malheur.

Ému, Albert chuchote :

– Cré Dieu ! t'es quelqu'un de bien, ma Julie. Je suis fier de toi.

– Pas le moment de débiter des phrases ! Mange ta soupe... et ce feignant d'Antonin, il va se décider à se lever, oui ou non ? Il faut qu'il garde la maison en notre absence.

***

Sur la place du village, les ennemis de l'Hippolyte applaudissent la garde, le cafetier et sa femme (elle ne veut pas le quitter de crainte qu'à la première occasion, il disparaisse dans un café d'où on ne parviendrait pas à le sortir ou alors, dans quel état !) au moment où ils montent dans la voiture du maire, où est déjà installée la veuve Rocherousse. A peine l'auto d'Escouailloux a-t-elle quitté les lieux que celle des Marniac s'arrête devant les badauds pour charger Philibert. La Mazoires crie :

– Comment tu te figures que t'aideras cette famille d'assassins, vieux Judas ?

Le menuisier se penche à la portière et, soulevant poliment son chapeau :

– Germaine, je te dis : merde !

S'étranglant de fureur, l'épouse de Sans-Peur hurle alors que la voiture démarre :

– On y coupera le cou à la vieille canaille ! et on devrait tous vous foutre en prison !

Julie ordonne à Albert de lui accorder deux minutes. Marniac obéit. Descendant de la voiture sans un mot, elle s'approche de Germaine et lui administre une paire de gifles qui, de l'avis général, est la plus belle paire de gifles qu'on ait, de mémoire d'homme donnée sur le territoire de la commune.

***

Ainsi qu'il arrive souvent dans les premiers jours d'octobre, la matinée est superbe : l'or des feuillus, le vert sombre des résineux, le vert clair des prés, le roux de la terre, toutes ces couleurs baignant dans une lumière tendre, constituent un tableau qui eût amolli les âmes les plus fermes. Ce n'est pas le cas de Christine Falaitouze dont le cœur trop tendre est plus que nul autre sensible aux douceurs menacées du temps. Elle décide que l'heure n'est vraiment pas destinée à l'étude. Évitant sa mère installée au guichet, priant le Ciel de ne pas mettre son père sur son chemin, elle se glisse dans la campagne, par la porte de derrière. Il fait si beau qu'elle ne peut se tenir de fredonner, puis d'esquisser un pas de danse sur le sentier éclaboussé de taches de soleil. Sans en prendre clairement conscience, la jeune fille passe en vue de l'école. Paul Espinat, occupé à essayer d'inculquer à des têtes peu faites pour l'étude, les subtilités de la grammaire française, aperçoit, à travers la fenêtre, la ravissante apparition. D'un coup, il perd la tête et installant le gamin des Mazuret (qui tiennent la grosse ferme près de la route) à sa place, il s'élance à la recherche de Christine, comme un satyre ayant découvert la présence d'une dryade à laquelle il n'a pas encore rendu hommage. Il la rattrape près du bois d'où Marniac a tiré sur Léon.

– Christine !

Elle se retourne et a une moue.

– Vous...

– Je vous ai vue de loin et n'ai pu résister... Il fallait que je vous parle !

– Et votre classe ?

– Je l'ai plaquée !

– Vous êtes fou ?

– De vous, oui !

– Pas très original, hé ?

— Mais je ne tiens pas à être original... Sincère, seulement... Christine, je vous aime... Marions-nous ?

— Le mariage ne m'attire pas.

— Pourquoi ?

— Je connais trop mes parents et puis la campagne, les vaches, le parfum des étables, j'en ai ras le bol !

— Écoutez-moi, Christine chérie, si vous m'épousez, je me ferai nommer dans une ville.

— On en reparlera.

— Vous ne dites pas non, n'est-ce pas ?

— Je ne dis pas oui, non plus.

— Ça ne fait rien... Je suis sûr que je vous convaincrai. Maintenant, il faut que je retourne à ma classe. Au revoir !

— Au revoir...

Vaguement émue, amusée aussi, Christine suit des yeux son amoureux dévalant le champ en sautant pardessus les genêts pour regagner son école.

De nouveau seule, la jeune fille songe à ce que Paul lui a proposé : vivre dans une ville. Elle est tentée. Christine est encore à l'âge où il suffit d'un mot, d'une image, d'une éventualité pour bâtir un roman et elle se perd si bien dans ses songes qu'elle manque se heurter à Antonin Marniac qui ramène une vache que le chien a laissée s'écarter.

— Quelle chance de vous rencontrer !

— Je ne vois pas en quoi ?

— Oh si... quand on aime quelqu'un...

— Allons, Antonin, ne recommencez pas à...

Amer, le fils de Julie constate :

— Je vois que vous préférez les belles paroles de cet instituteur qui cesse pas de vous mentir !

— Qu'en savez-vous ?

— Il peut pas vous aimer autant que je vous aime !

— Et pourquoi pas ?

— C'est pas possible, voilà tout...

Ils firent deux ou trois pas en silence puis le jeune Marniac évoqua l'existence idyllique que serait celle de Christine si elle devenait Mme Marniac jeune.

— Mes parents, ils demanderaient pas mieux que de se reposer. Naturellement, on les garderait avec nous... Après tout, le domaine leur appartient... Avec tous les sous qu'on a, je moderniserais la maison... J'installerais une salle de bains... J'achèterais une trayeuse électrique, comme ça, vous ne vous fatigueriez pas...

— Parce que c'est moi qui...

— Dame ! les vaches, c'est l'affaire des femmes, pas vrai ?

— Peut-être... Maintenant, je dois regagner la poste... Si mon père, en rentrant de sa tournée, ne me trouve pas, il va faire un foin terrible. Au revoir, Antonin.

— Au revoir, mademoiselle... vous... vous pensez à tout ce que je vous ai dit ? Ça serait épatant !

— Je n'en doute pas !

Antonin et sa vache bifurquent en direction de la ferme et Christine poursuit le chemin qui la ramène à la poste. La joie de vivre qui lui tenait compagnie depuis qu'elle avait quitté sa chambre, s'est envolée. Mélancolique, elle doit s'avouer que ses songes se réduisent platement à un choix des plus banals : ou devenir la femme d'un petit fonctionnaire, guère mieux rémunéré que son père, ou se transformer en fermière besogneuse. Dans les deux cas, l'avenir n'a rien de réjouissant.

⁂

Marguerite Coudour, épouse du juge d'instruction, a revêtu sa plus belle robe, coiffé son plus beau chapeau et, munie des ultimes recommandations de son mari, elle part d'un pas victorieux vers le Palais de Justice où le procès de ce vieux paysan devait mettre en évidence les qualités professionnelles de Bertélemy Coudour. L'euphorie vaniteuse de la dame est partagée par l'avocat général, qui doit requérir contre Hippolyte Marniac. Une tâche vraiment trop facile ! Il n'est pas jusqu'au président – Charles Aymos – qui ne se réjouisse de mener des débats promettant d'être des plus calmes. Il espère qu'on en terminera en deux jours. En vérité, seul le jeune défenseur – Me Michel Falgoux – se fait un mauvais sang de tous les diables.

Quelles que soient leurs positions sociales, les Français qui blâment ou raillent la justice, sont tous intimidés ou inquiets quand ils ont affaire avec elle. A part Philibert, que plus grand-chose ne peut émouvoir, les gens de Sauvenat, arrêtés devant le Palais de Justice, oublient leurs rancunes et communient dans une même gêne. Sous la conduite d'Escouailloux, ils se décident à gravir les marches du perron pour arriver sous le péristyle. Là, un huissier les dirige vers la chambre où doit se dérouler le procès. Un nouvel huissier, après avoir pris connaissance de leurs convocations, les introduit dans la salle des Assises. Il y a déjà du monde. Escouailloux, à la tête de sa petite troupe, gagne les places qu'on leur désigne, sur la pointe des pieds puis, sagement assis, ils attendent sans oser converser entre eux.

A l'heure fixée pour le commencement des débats – et le maire de Sauvenat-le-Tranquille, ancien fonctionnaire, se félicite d'une exactitude qui l'enchante – un huissier entre par le fond de la salle et clame :

– La Cour !

Toute l'assistance se dresse et nos villageois, terriblement émus, regardent entrer le président et ses deux assesseurs, tandis qu'un homme vêtu de rouge, s'installe à l'écart et qu'un autre, tout de noir habillé, le greffier, portant un gros dossier prend place près du box réservé au jury. Dans un silence total, le président ordonne d'introduire l'accusé. Les gens de Sauvenat se figent lorsque l'Hippolyte – propre comme il l'est rarement – fait son entrée entre deux gendarmes. Albert, ému, a les larmes aux yeux et soupire « le père ». La Julie lui serre la main dans les siennes. Sans qu'ils y comprennent quoi que ce soit, les ouailles d'Henri Escouailloux assistent à la valse hésitation de ceux et de celles appelés à siéger dans le jury et que, tour à tour, l'accusation et la défense, acceptent ou récusent. Enfin, le président fait l'appel des témoins. Lorsque ces derniers ont signalé leur présence en se levant et en se rasseyant, à leur grand dépit, on les emmène dans une salle annexe. Ils ont un peu l'impression d'être dupés. Seul, le vieux Marniac paraît heureux et ne pas s'en faire une miette. Il adresse des signes amicaux à son fils et à sa bru, ainsi qu'au maire et à ses amis quoiqu'il les sache témoins de l'accusation. Mais il est si content d'avoir un public...

Après que le greffier eut donné lecture de l'acte d'accusation – lecture qui paraît ravir l'inculpé qui prend les gendarmes à témoin de ce qu'il s'agit bien de lui – le président procède à la vérification d'identité. Hippolyte approuve ce qui lui est rappelé, sauf en ce qui concerne l'âge des parents... « C'est si loin tout ça...

– Vous vous êtes marié avec Odile Montmorat qui vit le jour à Marlhes.

– Une sacrée bonne épouse, Monsieur le Président, sauf qu'elle m'a fait cocu avec ce voyou de Léon !

– Nous ne sommes pas là pour juger une morte, mais un vivant, vous ! Odile vous a donné un seul enfant, Albert, qui dirige la ferme.

Hippolyte montre son fils du doigt.

– C'est lui, là ! Merci d'être venu, Albert... Ça te fait honneur !

– Marniac, taisez-vous !

– Je vais vous dire, Monsieur le Président, il a l'air un peu demeuré à le voir, mais c'est un brave petit. T' as mon estime, Albert !

Du public, jaillit un « merci, papa ! » enroué. Le président se fâche tout rouge.

– Respectez cette enceinte, Marniac ! Albert a épousé Julie...

– Pas de ma faute !

– Vous n'aimez pas votre belle-fille ?

– Ah non ! alors...

– Pourquoi ?

– Parce qu'elle m'emmerde !

– Marniac, surveillez vos expressions ! Vous n'aimez pas Julie Marniac et pourtant, elle est là pour vous soutenir dans le moment le plus difficile de votre existence ?

– Me soutenir ? mes fesses ! Elle espère vous entendre annoncer qu'on me coupera le cou !

– Marniac, ne pouvez-vous vraiment vous imposer un effort et tenter de vous exprimer correctement ?

– Elle est raide, celle-là ! et qu'est-ce que je fais d'autre ? Ah ! parce que j'ai dit : mes fesses ? mais, justement, Monsieur le Président, j'aurais pu dire : mon cul !

– Ah ! j'y renonce... votre petit-fils, Antonin...

– Un gentil gamin, un peu bêta avec les filles... j'ai peur qu'il finisse comme son père, par épouser une sacrée peau de vache !

– Bon, bon... Venons-en au meurtre qui vous est reproché...

– Monsieur le Président, on gagnera du temps, si vous êtes d'accord. J'avoue. En quittant le café d'Antoine, je voulais crever ce fumier de Léon. Je pouvais pas supporter l'idée qu'il avait couché avec Odile...

– Marniac, vous avez la vengeance lente... votre femme est morte depuis longtemps ?

– J'avais pas encore eu le courage. C'est grave de tuer un homme.

– Je suis heureux de cette réflexion !

– Mais ce soir-là, j'avais un coup de Côtes-du-Rhône dans le nez et j'étais remonté. Y a un abruti qui m'a parlé, en rigolant, d'Odile et du Léon. Alors, je me suis rendu à la ferme, j'ai pris mon fusil, j'y ai glissé deux cartouches de gros, celui pour le sanglier et puis je suis été aux Billaudes – c'est le champ du Léon – je me suis arrêté à une vingtaine de mètres et je les lui ai toutes criées. Ah ! vingt dieux ! j'y allais de bon cœur ! Finalement, il est sorti de sa tanière, cette espèce de cochon sauvage, armé d'une trique et suivi de la Corniaude, sa femelle.

Le président a un regard désespéré à l'adresse de l'avocat général qui hausse une épaule résignée.

– Que s'est-il passé, ensuite ?

– On a continué à s'engueuler et puis, l'enfant de salaud m'en a fait péter un coup sur le crâne. Je suis tombé à genoux. Il m'en a foutu un autre sur l'oreille. Il faisait sombre. Je m'ai ensauvé jusqu'au bois du Sapillon et de là, j'y ai envoyé un pruneau dans sa sale gueule. Après, je suis rentré chez nous.

– Où vous trouviez-vous entre le moment où vous avez tiré sur le malheureux Rocherousse et celui où les gendarmes vous ont appréhendé ?

– Je me rappelle pas.

– Et votre fusil, qu'en avez-vous fait ?

– Je l'ai perdu...

– Monsieur l'Avocat général ?

Ce dernier se dresse, superbe et emphatique.

– Je voudrais, avec votre permission, Monsieur le Président, mettre en garde le jury contre le stratagème mis au point par l'avocat de l'inculpé et dont la naïveté s'explique par l'inexpérience de mon jeune et sympathique adversaire... On tentera de transformer de crime sordide en meurtre passionnel ! Ce serait risible si ce n'était pitoyable ! Ce n'est pas en mémoire de votre femme que vous avez assassiné Rocherousse, mais parce qu'il ne voulait pas vous vendre son champ des Billaudes !

Pendant que l'avocat général se rassied, tout le monde entend l'inculpé demander à son avocat :

– Il est toujours comme ça, ce type ? On comprend pas ce qu'il raconte !

Exaspéré, le représentant du ministère public s'exclame :

– N'ayez crainte, Marniac, quand viendra l'heure du réquisitoire, vous comprendrez parfaitement ce que je réclamerai au jury !

– C'est pas possible ! il m'en veut...

L'auditoire rit en dépit du président menaçant de faire évacuer la salle. Les journalistes, hilares, notent les réflexions du vieil homme et se promettent de donner libre cours à leur verve pour rendre compte à leurs lecteurs de ce procès hors du commun. On devine que le tribunal craint, en sévissant, de susciter l'ironie de tous ces gens qui auraient beau jeu de stigmatiser l'intransigeance bourgeoise à l'égard de l'inculture paysanne. Le président a grande hâte d'en terminer avec ces débats scandaleux et il sait que l'avocat général partage son impatience.

– Marniac, pour la dernière fois, reconnaissez-vous avoir voulu tuer Léon Rocherousse ?

– Vous allez pas me demander ça, sans arrêt ? Oui,

oui et oui ! et je suis bougrement content de l'avoir eu du premier coup !

– Parfait. Monsieur le greffier, voulez-vous appeler le premier témoin ?

Le greffier, un quinquagénaire taillé en hercule, possède une voix en rapport avec sa stature :

– Rosalie Gamelle, veuve Rocherousse !

Lorsqu'elle entre, toute de noir vêtue, les yeux baissés, intimidée, un peu perdue, elle fait une excellente impression sur la Cour et sur le public.

– Madame, nous n'ignorons pas combien ce que nous vous demandons peut être cruel, quand on a perdu un être cher. Parlez-nous de votre défunt mari.

– Qu'est-ce que vous voulez que je vous en dise ?

– Ce que vous pensiez de lui, les sentiments que vous lui portiez... ?

– Moi ? oh ! c'est très simple, j'ai jamais connu pire saloperie !

Le président en laisse tomber ses lunettes tandis qu'un grand rire déferle dans le public.

– Silence ! c'est scandaleux ! Madame, est-ce que vous vous rendez compte ?

– De quoi ?

– De la manière honteuse dont vous traitez votre défunt mari ?

– Mais, il foutait rien, il se soûlait et, chaque jour, il me cognait dessus !

L'avocat général intervient :

– En somme, en le tuant, Marniac vous aurait plutôt rendu service ?

– Ma foi, dans un sens...

– Charmant ! Croyez-vous que l'inculpé a assassiné votre époux pour venger son honneur ?

– Pour venger... quoi ?

– Parce que Rocherousse avait pris la femme de Marniac pour maîtresse ?

– Jamais de la vie !

Marniac se dresse :

– Qu'est-ce t'en sais, pauvre Corniaude ?

– N'insultez pas le témoin !

– Je l'insulte pas, au pays, on l'appelle comme ça.

Rosalie explique :

– C'est rapport à ce que je viens de l'Assistance.

– Je vois... Madame, pourquoi êtes-vous certaine que feu Odile Marniac n'était pas la maîtresse de votre époux ?

– Parce que Léon, il aimait les femmes propres !

– Pardon ?

– Celles qui se lavent en bas... Moi, il fallait que je me lave tous les quinze jours, sinon Léon se mettait en rogne.

Dans l'assistance, c'est du délire. Le président tape de son maillet sur le bureau.

– Je conviens que le témoin est pittoresque, mais la Cour est sûre qu'il n'entre pas de malice dans ses propos. Je vous prie, instamment, de ne pas m'obliger à décider le huis clos. Marniac, vous avez entendu le témoin ?

– Elle ment ! Je les ai surpris tous les deux, Odile et Léon dans la grange !

– Vous dites ça parce que vous avez mauvais esprit !

Léon, il avait laissé tomber sa montre et il la cherchait.

— Dans les jupes de ma femme ? Faut te faire une raison, Corniaude, on a été cocus tous les deux !

— Vous inventez tout pour qu'on vous croie !

Le président affirme qu'on a assez débattu de ce point d'histoire.

— Madame Rocherousse, pourquoi votre époux ne voulait-il pas vendre les Billaudes à Marniac ?

— Parce que Léon, il détestait l'Hippolyte qui le lui rendait bien. Mon mari, il jurait qu'il préférerait crever plutôt que de rendre service aux Marniac.

Hippolyte crie :

— Vous entendez, Monsieur le Président ? Quand je vous disais que le Léon, il était plus mauvais qu'un chien enragé.

— Taisez-vous ! Madame, parlez-nous du crime ?

— Eh bien ! on était couchés et puis voilà qu'on entend quelqu'un jeter des grosses injures à Léon. Il le traitait de...

— Ça va, ça va... Quelle a été la réaction de Rocherousse ?

— Il a grogné : c'est ce fumier d'Hippolyte, faut que j'y donne une leçon ! Il a sauté du lit, il a enfilé un pantalon, il a attrapé le bâton qu'il prend pour aller en forêt et il est sorti. Le temps que je m'habille, que j'arrive vers ces deux vieux fous, celui-là (elle montre Marniac) il était à genoux et criait comme un cochon qu'on égorge. En voulant encore le cogner, mon Léon, il s'est foutu par terre et l'Hippolyte, il en a profité pour filer se cacher dans le bois du Sapillon. Moi, je rentrais à la maison, laissant Léon continuer à gueuler en direction des pins quand un coup de feu m'a obligée à me retourner. Mon mari, il était étendu par terre. J'y ai relevé la tête. Il avait un trou en plein milieu du front.

L'inculpé annonce, triomphalement :

– Un seul coup ! Fallait le faire !

L'avocat général proteste :

– Non, justement, il ne fallait pas le faire ! Excusez-moi, Monsieur le Président...

– Je vous en prie... Après, madame ?

– J'ai foutu le camp chez moi où je me suis barricadée. J'avais peur qu'il veuille m'assassiner moi aussi.

– Pas de question, monsieur l'avocat général ? pas de question, maître ? Alors, je vous remercie, madame.

– Y a pas de quoi.

– Retournez vous asseoir. Marniac, quelque chose à ajouter ?

– Non, ce qu'elle a raconté, c'est la vérité.

Le chef Marcenat explique avec beaucoup d'autorité comment il a été alerté tardivement et qu'en compagnie du gendarme Ladeyrat, il n'a vu le cadavre que dans son lit. L'examen des lieux du crime confirme la déposition du témoin. Il avoue qu'en dépit de minutieuses recherches, il n'a pu retrouver l'arme du crime.

– Marniac, vous refusez toujours de nous révéler l'endroit où vous avez caché le fusil ?

– Je vous répète que je m'en rappelle pas !

Le chef reprend la parole pour conter l'arrestation de Marniac.

– Chef, que pensez-vous de l'accusé ?

– Hippolyte ? Un sacré charognard, mais incapable d'un méchant geste.

– Pardon ?

– Bien sûr, ça peut choquer, mais le Léon, sauf votre respect, c'était un affreux.

– En somme, vous jugez le crime commis parfaitement justifié ?

– Je n'irai pas jusque-là !

– C'est encore heureux !...

L'avocat général se lève :

– Chef, à quelle heure avez-vous été prévenu du meurtre ?

– Vers les sept heures trente.

– Presque dix heures après le moment où le crime a eu lieu ?

– Exact.

– Qui vous a prévenu ?

– M. Escouailloux, le maire de Sauvenat-le-Tranquille.

⁂

Si Henri Escouailloux comptait faire sensation par sa déposition rédigée en termes choisis et apprise par cœur (il l'avait récitée à sa femme avant de la quitter) il s'était bien trompé. A peine a-t-il décliné ses nom, prénoms et qualité que le président lui demande pourquoi, ayant été averti du crime peu de temps après qu'il ait eu lieu, il a tant attendu pour appeler la gendarmerie.

– J'ai jugé inutile de déranger ces braves gens au milieu de la nuit.

– Je rends hommage à votre philanthropie, mais vous me semblez avoir une étrange idée de vos fonctions.

Marniac approuve hautement :

– C'est bien vrai. Escouailloux ? Un bon à rien qui s'en croit !

– Je n'ai pas sollicité votre avis !

– Dommage...

Invité à donner son opinion sur Léon, le maire en brosse un tableau des plus flatteurs qui pousse Hippolyte à la rigolade. Au bout d'un instant, n'y pouvant plus tenir, il interpelle la veuve :

– Non, mais t'entends ça, Corniaude ? Qu'est-ce que t'en penses ?

– Rien que des menteries !

L'avocat général a un envol de manches qui veut témoigner de son incompréhension en face de l'anarchie régnant dans la salle. Le président fulmine :

– Si vous vous entêtez dans cette attitude, on jugera l'affaire hors de votre présence !

Le sourd grondement qui monte du public oblige le juge à prendre conscience qu'une pareille décision entraînerait de très désagréables conséquences.

– ...Monsieur le Maire, que pensez-vous de l'accusé ?

– Un ivrogne, un irrespectueux de la Loi, un semeur de troubles, bref : un bon à rien !

L'avocat bondit :

– Un bon à rien de soixante-quinze ans... Pendant que vous étiez fonctionnaire, mon client s'échinait, du matin au soir, pour entretenir sa ferme et sa famille... Alors, un peu de pudeur, Monsieur !

Le président se porte au secours d'Escouailloux qui perd pied.

– Monsieur le Maire, croyez-vous au motif invoqué par Marniac pour expliquer son geste, à savoir l'infidélité de sa femme ?

– Mensonge ! il était fou de rage de constater que Rocherousse ne lui vendrait jamais les Billaudes ! Quant à sa femme et à sa conduite, ce qu'en raconte cet individu est une dégoûtation ! Il n'y a pas de femmes infidèles à Sauvenat-le-Tranquille ! »

– Vous entendez, Marniac ?

– Bien sûr que j'entends et ça me fout mal au ventre. Chez nous, y a autant de cocus qu'ailleurs ! Seulement, n'est pas cocu qui veut et quand on connaît la Lucienne Escouailloux, on se demande qui c'est qui serait assez courageux pour s'attaquer à une bonne femme qu'est tellement mal foutue qu'on sait jamais, quand on la voit, si elle se présente de dos, de face ou de profil. Lui faudrait un explorateur, à cette mémé !

Le maire hoquète :

– Voyou !

On le renvoie à sa place. Sans-Peur lui succède. Le garde dépeint Hippolyte comme une sorte de monstre sans cesse en quête d'un mauvais coup.

– Le soir où il a déclaré, devant tout le monde, qu'il allait faire la peau au Léon, je l'ai mis en garde contre ses responsabilités. Il m'a pas écouté.

L'avocat s'enquiert :

– Vous n'aimez pas mon client, n'est-ce pas ?

– C'est-à-dire que moi, j'aurais plutôt de l'amitié pour lui, mais c'est ma femme, elle peut pas le sentir.

– Pourquoi ?

– J'sais pas.

Hippolyte remarque :

– T'aurais dû amener ta Germaine, Sébastien, ça l'aurait distraite.

– Je te demande pardon, vieux.

L'avocat général :

– Voilà la meilleure ! et que souhaitez-vous qu'il vous pardonne ?

– D'avoir mal causé de lui, mais c'est Germaine...

Le président s'emporte :

– Vous pouvez disposer ! Marniac, vous avez entendu le portrait que le témoin a brossé de vous ? Qu'en pensez-vous ?

– Rien, sinon que le pauvre Sébastien a toujours été con et l'âge a pas l'air de l'arranger !

L'avocat général, à bout de patience, hurle :

– C'est scandaleux !

Le président adjure l'accusé :

– Mais enfin, malheureux, rendez-vous compte que vous jouez votre tête !

– Si je la perds, qu'est-ce que vous en ferez ?

⁂

Le sommet de la matinée est atteint par Antoine Ségonzat le cafetier qui se rappelle ce dont Fanfare l'a menacé s'il accable Marniac. Lorsqu'il a décliné son état civil au tribunal et au jury, le président le convie à donner son opinion sur Marniac. Antoine s'agrippe à la barre des témoins et se lance dans un panégyrique forcené de l'accusé. Il lui trouve toutes les qualités, vante ses mérites, chante son dévouement familial, son sens aigu de l'amitié, si bien que le président s'adresse à l'avocat général :

– Je croyais que cétait un témoin de l'accusation ?

– Je le croyais aussi.

Emu, Marniac se redresse pour exprimer son opinion d'une voix mouillée :

– T'es brave, Toine, mais tu peux pas faire que j'y ai pas réglé son compte à cette canaille de Léon !

– Si tu le dis c'est que c'est vrai et si tu l'as crevé ce sale type, c'est que t'avais tes raisons. T'as mon amitié, Hippolyte et celle de ma femme !

– Antoine, t'es ce que j'appelle un homme. Quand on m'aura coupé le cou pour faire plaisir à Monsieur l'Avocat général, je te laisserai quelque chose en souvenir de moi. Hé, Albert ? t'es là ?

Albert se lève de sa place.

– Je suis là, père !

– T'as entendu, fils ? Tu lui donneras la pendule qu'est dans ma chambre.

– Tu peux y compter.

Bouleversé, Antoine abandonne la barre et veut aller serrer la main de Marniac. On l'en empêche.

L'avocat général s'adresse au Tribunal :

– Monsieur le Président, je rêve ou quoi ?

– Je ne sais pas.

Le président, l'esprit un peu perdu, annonce que la séance est suspendue jusqu'à 14 heures.

3

Alors que se déroulent ces extraordinaires débats où les magistrats sont décontenancés par la manière dont des campagnards traitent la Justice, Sauvenat vit dans l'attente fièvreuse de nouvelles qui ne lui parviendront que le soir avec les héros du jour. Les hommes ne quittent pratiquement pas le café Ségonzat où la Belleguette remplace Fanfare.

Antonin Marniac est en train d'expliquer pourquoi il n'a pas accompagné ses parents lorsque l'instituteur pénètre à son tour, dans le café. En voyant Antonin, il feint l'étonnement :

– Vous recevez n'importe qui, à ce que je constate, madame Belleguette ?

– Et en quoi ça vous regarde ?

– Disons que ce n'est guère plaisant de boire en compagnie du petit-fils d'un assassin.

En réponse, Antonin lui flanque un coup qui l'atteint sur l'œil gauche, lui fendant l'arcade sourcillière. Espinat veut se rebiffer, mais la Belleguette se précipite entre eux, armée du manche de pioche raccourci que Fanfare garde toujours à portée de la main, pour se débarrasser d'ivrognes par trop méchants.

– Vous avez pas honte ! Vous, un fonctionnaire ? un professeur ?

– Il m'a frappé !

– Avouez que vous l'avez cherché ! Pourquoi l'injurier à cause de son grand-père ? Il en est quand même pas responsable ? Vous voulez mon avis ? Vous êtes deux idiots que la petite Falaitouze mène par le bout du nez !

L'instituteur proteste :

– C'est faux !

– Ah ! oui ? Voulez-vous parier que cette fille ne vous épousera ni l'un ni l'autre ? C'est pas de la nourriture pour vos museaux ! Elle s'amuse et vous, pauvres couillons, vous marchez si bien que vous faites rigoler toute la commune ! Maintenant, débarrassez le plancher, on vous a assez vus !

Ils quittent le café, l'oreille basse. Ils ne se séparent pas tout de suite. Au bout d'un moment, Antonin dit :

– Je regrette pour le coup de poing !

– J'avais commencé... Vous pensez qu'elle a raison ?

– Non.

– Pourquoi ?

– Parce que j'ai des preuves.

– Des preuves de quoi ?

– Que cela lui déplairait pas à Christine de devenir fermière dans une ferme moderne.

– La vôtre ?

– Parfaitement !

– Alors, là, je peux vous assurer que vous vous mettez le doigt dans l'œil !

– Parce que ?

– Parce que Christine m'a pratiquement promis de m'épouser si j'étais nommé en ville.

– C'est pas vrai !

– Vous n'avez qu'à le lui demander !

Sans répondre, Antonin quitte brusquement l'instituteur pour se hâter vers sa ferme et y cacher les sentiments qui l'agitent, sentiments où le chagrin et la colère se mélangent.

***

Sitôt les amoureux de Christine partis, la Belleguette confie le café à Vesselier pour se hâter chez la femme de ce dernier et lui apprendre que les deux prétendants de la petite Falaitouze avaient manquer s'entr'égorger sous ses yeux. Les clientes de l'épicerie qui d'ordinaire, lorsqu'elles relèvent de clans opposés, ne s'adressent pas la parole, oublient leurs préventions pour échanger des propos passionnés et cruels sur le compte de la fille des postiers.

Dans son ensemble, si à Sauvenat-le-Tranquille, on tient M. Falaitouze pour un prétentieux imbécile, en revanche on estime grandement Madeleine, son épouse, pour son égalité d'humeur et sa serviabilité. Souvent, même, on la plaint d'avoir épousé un pareil individu. Mais ce jour-là, la nouvelle apportée par la Belleguette est trop fraîche pour que Mme Falaitouze ne subisse pas – alors qu'elle se présente pour acheter les poireaux et les pommes de terre pour sa soupe – le contrecoup immédiat des insinuations féminines. Ainsi qu'il fallait s'y attendre, la Germaine Mazoires lance la première attaque et elle le fait sans ménagement :

– Madame Falaitouze, est-ce que vous allez vous décider bientôt à débarrasser le pays de votre garce de fille ?

Cueillie à froid, la postière demeure bouche bée. La femme du maire essaie d'aider la mère en détresse :

– Elle est encore très jeune...

Impitoyable, la Mazoires réplique :

– Quand on a une mentalité de putain, ça vous prend très tôt !...

Horrifiée, Madeleine réagit :

– C'est ma fille que vous osez traiter de la sorte ?

Germaine ricane :

– Pas le curé, bien sûr !

Lucienne Escouailloux tente d'adoucir la verdeur des propos tenus à l'égard de Christine.

– Il faut reconnaître que votre petite est une allumeuse et qu'elle est en train de rendre à moitié fou l'instituteur et Antonin Marniac qui, à cause d'elle, en sont venus aux mains, tout à l'heure au café.

Noyée de larmes, Madeleine Falaitouze part en courant et Mme Escouailloux remarque :

– C'est pas très joli, ce que vous avez fait.

⁂

Madeleine entre en trombe dans l'appartement que l'administration met à la disposition des Falaitouze. Tout de suite, elle se précipite dans la chambre de sa fille qui se prélasse sur son lit encore défait.

– Lève-toi !

– Mais, maman...

– Lève-toi ou je te sors du lit par les cheveux !

– Tu es devenue folle ou quoi ?

Une belle gifle constitue la réponse maternelle et Christine hurle, ce qui a pour effet immédiat, de faire accourir le père.

– Qu'est-ce qui se passe ? On vous entend du bureau !

– Je m'en fiche !

– Madeleine...

– Je t'avertis, Frédéric, ce n'est pas le moment de m'énerver !

Christine gémit :

– Elle m'a frappée !

Falaitouze contemple sa femme avec des yeux ronds.

– Ça ne va pas ?

– Ah ! toi aussi ?

Et le facteur-receveur encaisse une torgnole qui le

laisse pantois. Madeleine, emportée dans un tourbillon de cris, de pleurs, de menaces, de malédictions et de promesses délirantes, ne reprend haleine que pour affirmer qu'elle ne peut vivre plus longtemps dans un pays où l'on considère sa fille comme un putain. A cet instant, d'en bas, une voix crie :

– Alors, ça vient ?

M. Falaitouze déclare, solennel :

– Madeleine, ta conduite exige une explication, la tienne aussi Christine. Bafoué en tant que père, humilié en tant que mari, je dois me rappeler que je suis, avant tout, fonctionnaire et que l'intérêt de l'État passe avant celui de ma famille. J'arrive !

***

Le Tribunal reprend la séance à l'heure prévue. Le président tient à faire une déclaration liminaire :

– Je me suis montré, ce matin, d'une patience infinie à l'égard de l'accusé et de certains témoins... Cela ne se renouvellera pas cet après-midi. A présent, nous allons entendre les témoins cités par la défense. Monsieur le Greffier, s'il vous plaît ?

Albert Marniac, appelé à la barre, apprend qu'il ne peut prêter serment en qualité de parent de l'accusé. Invité à parler du crime commis par son père, il répond :

– Je suis sûr qu'il ment...

– Pourquoi mentirait-il ?

– Parce qu'il a toujours aimé se vanter.

— Au point de risquer sa vie ?

— Je crois qu'il est en dehors.

L'accusé, à qui on demande ce qu'il pense de la déposition, réplique qu'Albert a toujours été un peu demeuré et que si, lui, Hippolyte, était libre de ses actes, il irait lui tirer une calotte. Interrogé quant aux relations coupables de sa mère et de Rocherousse, le fils Marniac explique :

— Je peux rien affirmer sinon que maman était une bonne chrétienne qui m'a élevé dans la crainte du péché ! Il me semble que si elle s'était mal conduite, je m'en serais aperçu.

— Dans ce cas, pourquoi votre père...

— Allez savoir ! Mon père est un vieil homme qui enrage de plus retenir l'attention du pays. Alors, pour faire l'intéressant, il raconte n'importe quoi.

Le président remercie Albert. En retournant à sa place, celui-ci croise sa femme qui le remplace à la barre. Elle aussi ne saurait prêter serment.

— Madame Marniac, comment voyez-vous votre beau-père ?

— J'ai peur de ne pas être bien juste parce que je l'aime pas beaucoup.

— Pourquoi ?

— Il nous en fait trop voir. Il critique tout, ce qu'il entreprend est toujours mieux que ce que nous tentons. Il est jamais content du manger et pense qu'à boire. Notez qu'en ça, il ressemble à pas mal de vieux qui, pouvant plus travailler, s'ennuient...

— Vous n'avez pas songé à vous en débarrasser en l'envoyant dans une maison de retraite ?

– Ma foi, non.

– Pour quelles raisons ?

– C'est le père.

L'avocat général s'écrie :

– Je vous remercie, madame, de votre réponse qui réchauffe nos cœurs ! Une fois encore, Marniac, vous devriez rougir de jouer les pîtres !

A la surprise du Tribunal et de l'auditoire, l'accusé ne réagit pas. Le président en profite pour reprendre l'interrogatoire du témoin.

– Vous avez vécu longtemps avec votre belle-mère ?

– Seize ans.

– Vous avez donc eu le temps d'établir votre opinion ?

– Sûrement. Odile Marniac était une sainte femme... incapable de la moindre saleté... une personne que tout le monde aimait et respectait.

– Alors, ce que raconte votre beau-père ?

– Des ignominies ! Vous pensez que si ma belle-mère avait été comme il dit, dans un aussi petit pays, on l'aurait su. Surtout qu'on est au courant de celles que le défunt Rocherousse a culbutées dans la paille. Pas une fois, j'ai entendu mal parler d'Odile Marniac.

– Comment expliquer, dans ce cas, le comportement de votre beau-père ?

– Je ne sais pas... Peut-être qu'il arrive pas à se consoler de la mort d'Odile et il en dit du mal pour essayer d'avoir moins de peine ?

– Voyons, on ne tue pas un homme, pour des phantasmes !

– S'il a tué Rocherousse – et ça j'en sais rien – c'est pour les Billaudes et pas pour autre chose.

– Je vous remercie, madame... Accusé, vous avez entendu ce que nous a exposé votre belle-fille. Je ne vous interroge pas parce que je ne tiens pas à ternir dans nos mémoires l'instant de qualité que nous venons de vivre. C'est votre avis, monsieur l'Avocat général ?

– Absolument, monsieur le Président.

– Dans ce cas, Monsieur le Greffier, veuillez appeler le dernier témoin.

Le greffier se lève :

– Monsieur Philibert Prassinet !

Quand le menuisier s'avance vers la barre, Marniac demande à haute voix :

– Qu'est-ce qu'il vient foutre ici, celui-là ?

La question reste sans réponse tandis qu'on procède aux formalités d'usage. Le cérémonial clos, le président annonce que c'est Monsieur Prassinet lui-même qui a demandé à être entendu.

– Pour quels motifs, monsieur ?

– J'ai pas pu supporter que Marniac se moque de la Justice.

– Qu'entendez-vous par là ?

– Qu'il a pas plus tué Rocherousse que sa femme l'a trompé.

Cette réplique déclenche un remue-ménage important que le président a beaucoup de difficulté à maîtriser.

– Je pense, monsieur, qu'il n'est pas dans vos intentions de faire ce que vous reprochez à l'accusé : vous moquer du Tribunal ?

– Sûrement pas !

– Dans ce cas, vous avez conscience de la gravité de vos paroles ?

– Oui.

– Bon... Nous verrons le crime tout à l'heure car personne ne saurait nier qu'il a eu lieu. Parlons des causes possibles. Les Billaudes ?

– Pas question ! Albert et son fils ont assez de travail avec ce qu'ils possèdent pour ne pas désirer acquérir un champ en friches qui peut, pratiquement, rien rapporter.

Marniac proteste :

– Tout ça, c'est nos affaires, elles regardent pas ce fouineur de Matru !

– Matru ?

– On l'appelle de cette façon à cause que sa mère, elle a pas pris la peine de le finir !

– Silence ! Odile Marniac, monsieur Prassinet ?

– Une femme comme j'en souhaite à tous les hommes. Nous étions à peu près du même âge, Odile et moi. Nous sommes restés amis jusqu'à sa mort. Si elle avait eu quelqu'un, elle me l'aurait avoué.

Hippolyte proteste :

– Il ment, Monsieur le Président, il ment !

– Pour quel motif mentirait-il ?

– Il est jaloux !

– Jaloux ? et de quoi, Seigneur !

– Parce que je me conduis en homme alors que lui, il en est pas capable !

– Expliquez-vous ?

– Il raconte qu'Odile, elle m'a pas cocufié parce qu'il veut pas que ça soye dit que moi, j'ai vengé mon honneur alors que son Hermance, elle s'en payait avec tout ce qui portait culotte, sans que le pauvre Matru ait jamais osé protester !

– Vous entendez, monsieur Prassinet ?

– Hippolyte a tellement peur de plus être une vedette qu'il raconte n'importe quoi !

– Possible !... Marniac, taisez-vous ! Au surplus, monsieur Prassinet, le Tribunal n'a pas à juger des aléas de votre vie privée. Tenons-nous en au crime, s'il vous plaît. Contre tous les témoignages, vous déclarez que l'accusé n'est pas coupable alors qu'il a avoué. Sur quoi basez-vous votre conviction ?

– Monsieur le Président, j'étais présent quand Marniac a quitté le café, aux trois-quarts ivre. La nuit était déjà tombée... L'accusé est allé chez lui prendre un fusil... il est remonté vers les Billaudes... Il lui a fallu une demi-heure et l'obscurité était totale quand il a commencé à injurier Rocherousse... Alors, le Léon sort de chez lui, assomme à moitié Hippolyte qui se traîne jusqu'au petit bois, à trente ou quarante mètres de là. Qui croira qu'il avait l'esprit assez clair, malgré le gnon reçu – pour tirer sur le Léon avec une précision dont le plus fort chasseur du canton serait incapable et puis...

– Et puis ?

– ... ce que personne a pensé à vous signaler, Monsieur le Président, c'est que Marniac a jamais été au service militaire, on l'a réformé.

– Je ne vois pas en quoi cela regarde le...

– Oh ! si, Monsieur le Président... on l'a réformé parce qu'il était myope comme une taupe.

– C'est vrai, Marniac ?

– Je réponds pas !

– Marniac, prenez garde ! Vous n'irez peut-être pas en prison, mais à l'asile...

– Bon, ça va... d'accord... J'ai pas tiré sur le Léon, j'étais dans le cirage...

– Vous reconnaissez, dans ce cas, que vous avez bafoué la justice ? La Cour, jusqu'à plus ample informé, vous condamne à huit jours de prison ferme pour outrage à magistrat et mille francs d'amende. M. Prassinet, avez-vous une idée du véritable meurtrier ?

– Un remarquable tireur, Monsieur le Président, qui se cachait dans le bois du Sapillon et qui a profité le l'évanouissement de Marniac pour tuer Rocherousse et filer avec le fusil, quelqu'un qui, sans doute, se trouvait avec nous au café.

– Je vous remercie, monsieur Prassinet.

Au moment où le menuisier quitte la barre, Hippolyte gémit à son adresse :

– Tu m'as déshonoré, Philibert.

– Je t'ai sauvé la vie, tête de mule !

– La vie ? J'ai rien à en foutre !

Le président ayant consulté ses assesseurs, décrète une suspension d'une heure pendant laquelle, celui qui demeure encore un accusé va être visité par un ophtalmologiste.

***

A la reprise de l'audience, le Tribunal déclare qu'à la suite des conclusions de l'expert, l'accusé ne peut être coupable du crime qui lui était imputé après ses aveux fallacieux et laisse la parole à Monsieur l'Avocat général pour ses réquisitions. Me Tissonnières, ayant le sentiment d'avoir été moqué, se lève, raide de colère :

– Monsieur le Président, messieurs de la Cour, mesdames et messieurs du Jury, la farce à laquelle nous venons d'assister n'a, je vous prie de le croire, qu'un très lointain rapport avec la justice. Mais je dirai que ce triste épisode est à la mesure d'une société qui ne respecte plus grand-chose, où les individus ne se soucient même pas d'honorer leur tâche. A quoi est dû le coup fourré d'aujourd'hui ? à un vieillard mégalomane que les psychiâtres auraient dû reconnaître pour tel, à un maire qui, sachant un de ses administrés assassiné, s'en va se coucher tranquillement sans songer un instant à prévenir la gendarmerie comme sa charge lui en fait une obligation, à des gendarmes qui se débarrassent d'une corvée qui les ennuie avant de prendre les plus élémentaires précautions pour ne point risquer une arrestation arbitraire et, pour couronner le tout, à un magistrat instructeur qui bâcle son dossier et nous met, la Cour, le Jury et moi-même dans cette situation ridicule. Monsieur le Président, mesdames, messieurs, la simple honnêteté m'oblige à demander la relaxe pure et simple d'Hippolyte Marniac.

CHAPITRE IV

1

Me Barthélemy Coudour s'est octroyé une journée de congé afin de ne pas avoir l'air d'attendre dans son bureau, les félicitations que ne manqueront pas de venir lui apporter l'avocat général et le président pour leur avoir si merveilleusement mâché leur besogne. Installé dans son salon, en robe de chambre, pantoufles aux pieds, un verre de whisky à portée de la main, la pipe à la bouche, il rêvasse, les yeux mi-clos, pour tenter de deviner vers quelle ville l'enverra son succès d'aujourd'hui. Quand il entend la clef tourner dans la serrure, il s'efforce de prendre un visage indifférent et affecte un air blasé pour accueillir son épouse.

Marguerite Coudour est une blonde quadragénaire, bien en chair, ayant hérité de parents normands, une sorte d'impassibilité bovine. Elle ne se met jamais en colère et, ce qu'elle dit, n'en acquiert que plus de poids. Elle entre au salon dans un remous de parfum, sa faiblesse.

– Bonsoir, ma chérie.
– Bonsoir, Barthélemy.

Elle pose son sac, retire ses gants et ôte son chapeau.

– Alors, devons-nous envisager notre départ ?

– Je crois que ce serait prudent. Nous goûterons, sans doute, aux joies particulières de l'hiver dans une petite ville du Nord ou de l'Est.

– Qu'est-ce que tu racontes ?

Elle prend place dans un fauteuil, allume une cigarette, se verse un doigt de whisky, en murmurant :

– J'en ai besoin...

Barthélemy commence à avoir peur.

– Enfin, Marguerite, me diras-tu ce qu'il y a ?

– Il y a, mon pauvre ami, que tu es un imbécile... Note que ce n'est pas une surprise pour moi, mais de t'entendre traiter de la sorte – en termes plus courtois, certes – et en public, par Tissonnières et Aymos, ça m'a quand même fichu un coup.

– Ils ont... osé ?

– Ils ne pouvaient agir autrement après que tu les aies eu ridiculisés !

– Moi ?

– En envoyant aux Assises, un vieillard presque aveugle qui se prenait pour Guillaume Tell !

Durant la nuit qui suivit ce dramatique échec, M. Coudour songea au suicide.

***

Le retour à Sauvenat de ceux qui se prenaient pour des justiciers n'est guère plus brillant que la rentrée de Mme Condour au domicile conjugal, sauf pour les Ségonzat. Quand Antoine pousse la porte du café et clame qu'Hippolyte a été reconnu innocent, une légère déception se peint sur les traits des clients. Le drame leur échappant, ils craignent – les plus vieux – surtout de retomber dans le morne quotidien. La Belleguette qui remonte de la cave, demande :

– Alors, c'est vrai, notre Hippolyte revient ?

– Sitôt qu'il aura terminé les huit jours de cabane qu'on lui a collés pour s'être foutu des magistrats, qu'ils ont dit.

– Sacré Hippolyte !

– Note que j'ai rudement aidé à le sauver, hein, Fanfare ? Devant tout le monde, j'ai déclaré que je le prenais pour un brave type et que je lui gardais mon estime.

– Et ça a suffi pour qu'on l'acquitte ?

– Non... j'ai impressionné les juges, c'est sûr, mais Philibert a tout fait.

Pour une assistance qui ne l'interrompt pas, Antoine raconte la démonstration de Philibert tant au sujet d'Odile que des Billaudes et la manière dont il a expliqué que le vieux avait été dans l'impossibilité de commettre le crime qu'on lui reprochait, vu qu'il était complètement miro. Du coup, chacun se souvient d'un exemple de la fantastique myopie de Marniac. Vesselier rappelle la seule fois où l'on a emmené Hippolyte à la chasse, il avait failli tuer le défunt maire Paralon qu'il avait pris pour un sanglier. Belleguette s'exclame :

– C'est fantastique que personne n'ait pensé... pas même les gendarmes !

L'instituteur renchérit :

– Et la famille ?

Chaubouret ajoute :

– C'est pas croyable qu'il s'en soit pas trouvé un !

Antoine, en train de vider sa deuxième chopine, récompense d'une tâche bien accomplie, rectifie :

– Si, François, y en a eu un... Philibert.

Dans le court silence qui suit, Fanfare parle pour la première fois et remarque :

– C'est quelqu'un, notre Matru !

***

Le retour est moins triomphal pour Sans-Peur et le maire. Au premier, sa femme – quand il se présente devant elle – demande simplement :

– Alors, on lui coupe le cou ?

– Non...

– A cause de son âge, hein ? c'est honteux ! Ils lui ont collé combien d'années de prison ? Vingt ?

– Non.

– Dix ?

– Pas exactement.

– C'est un comble ! cinq ?

— Même pas.

Germaine considère l'attitude piteuse de son mari et, d'une voix atone, chuinte :

— T'oserais pas me dire qu'on l'a acquitté ?

— Si.

Ce soir-là, il y a une véritable chasse à courre dans la maison des Mazoires et Sans-Peur, trouvant son salut dans la fuite, doit coucher à la belle étoile.

Chez le second — le maire en l'occurrence — la déception, si elle n'est pas moins amère, revêt une certaine dignité. En ouvrant la porte à son mari, Lucienne, à la seule vue de son visage, comprend que les choses n'ont pas marché comme le souhaitaient son époux et ses amis.

— Tu as l'air fatigué ?

— Je suis surtout furieux.

— Marniac s'en est tiré ?

— Non seulement il s'en est tiré, mais nous avons été ridiculisés.

— Pourquoi ?

— Parce que ce salaud de Philibert a démontré qu'Hippolyte ne pouvait pas être le meurtrier.

— A cause ?

— A cause qu'il est si myope qu'il ne pourrait pas, avec un fusil, toucher une vache à cinq mètres !

— Personne le savait ?

— Au contraire ! Tout le pays était au courant, seulement voilà : personne n'y a pensé !

— Sauf Philibert...

Cette nuit-là encore, on dormit mal chez les Escouailloux.

***

Au lendemain du procès, en arrivant au Palais, Me Condour apprend que le procureur souhaite le voir au plus tôt. Le juge d'instruction comprend que l'heure de l'épreuve a sonné. Le procureur le reçoit avec une politesse glacée.

– Asseyez-vous, je vous prie... monsieur, je ne pense pas que vous vous posiez des questions sur le motif de notre rencontre ?

– Bien sûr...

– Vous avez fait rire de la Justice, monsieur, et de ceux qui s'efforcent de la rendre !

– Je suis navré...

– Vous êtes bien bon !

– Un malheureux hasard...

– Il ne s'agit pas de hasard, monsieur, mais d'in...

– Je ne vous permets pas de !...

– Oh ! s'il vous plaît... pas de grands mots... ce n'est vraiment pas le moment ! Le garde des sceaux jugera de la sanction devant être prise à votre égard. En attendant, vous remettez tous vos dossiers à M. Février...

– La disgrâce, en un mot ?

– Espériez-vous autre chose ? Inutile de revenir au Palais tant que Paris n'aura pas décidé. Au revoir, monsieur.

– Permettez-moi, Monsieur le Procureur... Va-t-on reprendre l'enquête ?

— Évidemment... J'ai réclamé l'aide du S.R.P.J. de Lyon.

— Puis-je encore vous préciser que, pour moi, Hippolyte Marniac est coupable et qu'aidé de quelques complices, il a roulé le Tribunal ?

— Je vous remercie...

⁂

Pendant toute la semaine qui suit l'acquittement de Marniac, le café Ségonzat bourdonne comme une ruche. On ne cesse de discuter l'arrêt du Tribunal. Ceux-ci voient dans Hippolyte un malin qui a roulé son monde, ceux-là décrivent, dans le vieil homme, un pauvre type un peu fou, sur lequel le poids de la loi allait durement s'abattre et qui n'a été sauvé que parce que Sauvenat-le-Tranquille compte un type remarquable dans sa population : Philibert Prassinet. On s'accorde unanimement sur l'intelligence du menuisier et chacun, sans l'avouer publiquement, s'en veut de ne pas s'en être aperçu plus tôt.

La Julie Marniac saute sur toutes les occasions de se rendre chez les commerçants où elle rencontre les épouses de ceux qui ont accablé son beau-père. L'épicière, la bouchère ou la boulangère ne manquent jamais de s'enquérir :

— Alors, notre Hippolyte revient bientôt ?

— Lundi, je pense.

— J'en suis bien contente pour lui et pour vous.

— Vous n'êtes pas pareilles à ceux qui ont tout essayé

pour l'envoyer en prison et quand on pense que le maire de Sauvenat a dirigé ces salauds, on peut se demander s'il est encore à sa place à la Mairie !

On ne répond pas car un tel débat tournerait vite à la politique et les commerçants ne souhaitent pas entrer en lutte ouverte avec Escouailloux. Il y en a aussi qui ne parviennent pas à apaiser des rancunes leur gâtant l'existence. Ainsi, Germaine Mazoires. Elle a sombré dans une sorte de mélancolie qui l'empêche de trouver le moindre plaisir dans les querelles conjugales. Elle se cantonne dans un mutisme grâce auquel Sébastien goûte une tranquillité qu'il n'a jamais connue. Germaine ne porte plus guère attention à ce qu'elle mange et la pitance qu'elle sert à son mari rebuterait les plus solides appétits. La Mazoires ne sort de son silence que pour gémir :

– La canaille !... Il a trouvé le moyen de s'en tirer ! Faut croire que maintenant, on peut assassiner son prochain ; c'est tout juste si on vous félicite pas !

– Mais, si Marniac est innocent !

– Il l'est pas !

– Pourtant, Philibert...

– Un vendu !

– Mais...

– Insiste pas ou alors je croirais que t'étais de mèche avec eux !

***

Les coups de marteau qu'il assène sur des clous de mauvaise qualité pour les enfoncer dans une planche que l'âge a durcie, empêchent le Matru d'entendre approcher les gendarmes. Lorsque l'imposante carrure du chef Marcenat se dresse subitement devant lui, le menuisier, d'émotion, manque se taper sur les doigts. Il étouffe un juron et, découvrant la silhouette plus falote de Landeyrat, grimace un sourire :

– Quel bon vent vous amène, chef ?

– Le simple et légitime désir de vous remercier du méchant tour que vous nous avez joué et qui m'a valu un blâme. Le premier de ma carrière. Merci, monsieur Prassinet.

– Écoutez, chef...

– Mais, Nom de Dieu, ce que vous avez raconté au Tribunal vous auriez pu me le dire à moi ?

– C'est que j'y ai pensé qu'au dernier moment !

– Ça, je suis pas obligé de vous croire ! Monsieur Prassinet, je tenais à vous assurer que j'avais de l'estime pour vous et que cette estime, vous l'avez perdue. Amenez-vous, Landeyrat, c'est pas la peine de rester plus longtemps en pays ennemi !

Un peu tourneboulé par cette visite pleine de menaces pour l'avenir, Philibert décide – plaisir qu'il ne s'est pas offert depuis son retour de Saint-Étienne – d'aller boire une chopine chez Fanfare, pour se remettre. Son arrivée y est saluée avec une chaleur qui surprend le Matru. On lui fait fête, on lui propose de boire à toutes les tables et Fanfare tire l'assistance d'embarras en déclarant que le Matru est son invité parce qu'il a sauvé Sauvenat du déshonneur et l'Hippolyte de la prison. Elle conclut :

– En somme, Philibert, en te conduisant comme tu t'es conduit, t'as joué le rôle qu'auraient dû tenir ceux qui ont la charge de la commune.

Le maire qui est en train de vider une bouteille en compagnie de l'instituteur et de Sans-Peur, baisse le nez dans son verre. Il y a un moment de grande émotion lorsque l'Albert Marniac, abandonnant son siège, prend le Matru dans ses bras, l'embrasse sur les deux joues en déclarant d'une voix brisée par l'émotion :

– Philibert, je te dis merci pour mon père et pour toute la famille. A partir d'aujourd'hui, ma maison est la tienne, viens-y quand tu veux. Maintenant, mon Philibert, tu seras plus seul.

– Merci... je suis content... vous êtes du brave monde...

Ensuite, le menuisier se rend auprès du maire et lui tend la main.

– Le pépé Hippolyte est un peu fou... Je sais pas ce qui l'a pris de s'accuser... le besoin de gloriole... Depuis le début de cette affaire, j'arrivais pas à y croire... Malheureusement, je manquais de preuve et puis, tout d'un coup, j'ai repensé à la fois où il avait manqué tuer votre prédécesseur... alors, j'ai su qu'il mentait.

Henri Escouailloux est très bien. Il serre la main de Philibert, prie Marniac de ne pas lui tenir rigueur de son attitude tout entière à mettre au compte des aveux d'Hippolyte à la suite des menaces publiquement proférées et conclut :

– Sauvenat va retrouver la quiétude qui a toujours été la sienne. Il n'y a plus qu'à tirer le rideau sur nos fautes et nos erreurs, en nous félicitant qu'elles n'aient pas eu de plus tragiques conséquences. Tout est fini !

– Non.

On se tourne vers cette voix discordante qui grince dans l'euphorie générale. Il s'agit encore du menuisier. Alors qu'on l'admirait quelques secondes plus tôt, on se met à le regarder de travers. Escouailloux s'enquiert sèchement :

– Vous n'êtes pas d'accord, Philibert, pour que nous tirions un trait sur tout ce qui s'est passé ?

– Non.

– Pourquoi, je vous prie ?

– Parce que si l'Hippolyte est pas coupable – et nous savons qu'il l'est pas – qui c'est qu'a tué Rocherousse ?

Effarés, ils se regardent et le moins intelligent comprend qu'une fois de plus, le Matru prouve qu'il raisonne mieux que tous les autres et qu'un meurtrier se cache dans le village.

***

Dans la chambre qu'il occupe à Lyon, au cœur d'une rue bourgeoise de la presqu'île, l'inspecteur Geoffroy Chamaroux, se réveillant, médite sur l'infortune d'un garçon contraint pour vivre d'exercer un métier qu'il n'aime pas. Ce bel homme de vingt-huit ans, qu'un entraînement physique obligatoire garde dans une forme parfaite, ne trouve aucun goût à la vie. Après d'honnêtes études, il a passé – sur les conseils impératifs de parents commerçants – plusieurs concours administratifs. Ainsi que la plupart des Français, M. et Mme Chamaroux, en butte aux aléas du commerce, ont remâché toute leur vie, le regret de n'être pas des fonctionnaires. Ils discernent dans la fonction publique, le havre qui vous abrite des tempêtes économiques. Et puis, la retraite... Aujourd'hui, Léonce et Delphine Chamaroux sont morts en laissant à leur unique rejeton un joli magot que Geoffroy, englué dans son métier, n'a pas l'occasion de dépenser. Il se sent attiré par le monde des affaires où il est certain de s'enrichir le cas échéant. Mais pour qui ? Une expérience malheureuse l'a dégoûté des femmes. Pourtant, trois ans plus tôt, il avait bien cru trouver le bonheur lors de sa rencontre avec Mireille, une brunette de vingt-deux ans qui, dans les brumes lyonnaises, apportait le soleil de son Midi natal. Romantique, Geoffroy s'était un peu pris pour Vincent, amoureux de sa Mireille. Hélas ! la petite se révéla complètement fermée à la poésie et fort peu sensible au charme des amours pudiques. Pendant que Geoffroy composait des vers à sa beauté, elle couchait avec un de ses collègues du bureau où elle travaillait. Le hasard apprit à Geoffroy, son infortune. Il se persuada qu'il allait en mourir. Heureusement, il se contenta d'écrire à l'infidèle une lettre de rupture digne et sévère dont Mireille se gaussa en compagnie de son amant. De ce jour, l'inspecteur Chamaroux se convainquit que les femmes, sans exception, ressemblaient moralement à Mireille, son métier n'étant pas fait pour le placer en présence de créatures de qualité, il se voua solennellement à un célibat dont il jura que rien ni personne ne le sortirait jamais.

Le policier a meublé l'endroit où il vit selon son goût

qui est bon. Dans cette demeure bourgeoise, sa propriétaire – une vieille demoiselle qui ne garde d'une solide fortune éparpillée par deux guerres, que sa maison et de belles manières – apprécie la courtoisie de Geoffroy et lui sait gré de ne pas amener, entre ces murs pleins encore du souvenir d'une famille de notables aux mœurs sévères, une de ces créatures dont la seule idée lui inspire une horreur mêlée de dégoût. Elle se veut aux petits soins pour son pensionnaire. En songeant que ce garçon aurait pu être son fils, chaque matin, elle lui prépare son café au lait avec une tendresse maternelle.

Parce qu'un jour, il a répondu : entrez ! au coup discret frappé à sa porte, alors qu'il était vêtu de son seul slip, la prude demoiselle a failli lâcher son plateau en poussant un cri épouvanté, Geoffroy demeure au lit jusqu'à ce que son hôtesse lui ait apporté son déjeuner.

Ce matin-là, bien que l'humeur du policier soit plutôt portée au noir, Geoffroy reçoit, avec sa gentillesse habituelle, la vieille fille et son plateau. De part et d'autre, on sacrifie au rite d'une politesse surannée en s'enquérant si l'on a bien dormi, si la santé ne montre aucune faille, avec l'appoint de considérations élémentaires sur le temps. Un dialogue dont la banalité répétée cimente, jour après jour, une amitié. Au moment de quitter la pièce, la demoiselle s'écrie :

– Que je suis sotte ! j'oubliais de vous signaler qu'on vous a téléphoné !

– Quand cela ?

– Hier soir. Je n'ai pas voulu vous déranger. A votre âge, on a besoin de dormir.

– Qui téléphonait ?

– Le commissaire Troguéry.

– Seigneur !

– Il voulait que vous alliez le voir tout de suite, mais je lui ai répondu que vous étiez au spectacle.

– Merci beaucoup, mademoiselle. Je dois me dépêcher, maintenant.

Le commissaire Troguéry est du genre atrabilaire. Un foie qui a son content de Beaujolais et une épouse qui vieillit mal, inclinent le commissaire à une vision pessimiste du monde et le plongent dans une misanthropie de plus en plus prononcée. Par-dessus le marché, il n'aime pas Chamaroux en qui il soupçonne un dilettante incapable de devenir jamais un vrai policier.

Geoffroy arrive en trombe parmi ses collègues et n'a pas encore repris haleine quand il se présente devant son chef.

– Vous vous êtes bien amusé, hier soir ?

– Comme ci, comme ça, Monsieur le Commissaire.

– J'en suis navré pour vous... On vous a prévenu que je vous ai appelé ?

– Ce matin.

– Tiens donc !

– La vieille demoiselle dont je suis le locataire, dormait quand je suis rentré et ce matin, elle n'a pas voulu me réveiller de bonne heure.

– Parce que ?

– Elle estime qu'à mon âge, je dois beaucoup dormir.

– Vous vous fichez de moi ?

– Oh ! Monsieur le Commissaire !

– Inspecteur Chamaroux, je crains que vos besoins de sommeil, d'existence réglée, d'horaires précis, ne cadrent pas tellement avec les habitudes et exigences du métier que vous avez choisi.

– Je le crains aussi, Monsieur le Commissaire.

– Je suis heureux de constater que, pour une fois, nous sommes du même avis et je suis content de vous apprendre qu'il y a un remède à cette situation.

– Lequel, Monsieur le Commissaire ?

– Remettez-moi, tout bêtement, votre démission ?

– Je vais y réfléchir, Monsieur le Commissaire.

– Parfait. En attendant que vous soyez parvenu à une décision, je tiens à vous montrer que moi aussi, je me soucie de votre santé et je vous envoie vivre quelques jours à la campagne dans un petit village au sud de Saint-Étienne et qui porte le nom charmant de Sauvenat-le-Tranquille.

– Oserais-je penser, Monsieur le Commissaire, que si vous m'y expédiez, le patelin ne mérite certainement pas son épithète ?

– Vous avez gagné ! Voilà le dossier. Vous avez la journée pour l'étudier. Demain matin, vous filez là-bas. Vous en reviendrez avec le coupable ou avec votre démission. D'accord ?

– D'accord, Monsieur le Commissaire.

⁂

Libéré un jour plus tôt que prévu, Hippolyte doit prendre le car qui le déposera à deux kilomètres de Sauvenat. Il s'attend à créer, par sa seule présence, une certaine sensation parmi les voyageurs mais personne ne lui prête la moindre attention. Il oublie sa déception en se disant que le village entrera en ébullition quand il se montrera. Cette conviction lui donne l'énergie nécessaire pour couvrir d'un bon pas la distance le séparant de son pays natal. Gustave Étarté prend l'air sur le seuil de son fournil lorsque le vieux Marniac passe devant la boulangerie.

– Alors, te voilà, Hippolyte ?

– Oui, me voilà, sortant des prisons de la République.

– A ta place, je m'en vanterais pas.

– Pourquoi ?

– Parce qu'à force de jouer au con, on finit toujours par gagner.

Sur cette affirmation sentencieuse, Gustave rentre chez lui, laissant le vieux quelque peu désemparé. Il espérait autre chose mais il se console en se répétant que le boulanger a toujours eu des idées qui ne sont pas celles de tout le monde.

Des clientes attendent leur tour dans la boucherie. Marniac en pousse allègrement la porte. François est un ami qui aura du plaisir à le revoir, mais avant que Hippolyte n'ait ouvert la bouche pour saluer la compagnie, Chaubouret s'exclame :

– Attention, mesdames ! voilà l'assassin !

Les femmes contemplent l'arrivant avec hostilité. Paralysé, le vieux ne peut parler.

– Alors, t'as pas honte, à ton âge, de jouer les Ravachol ?

Suzanne Belleguette remarque gentiment :

– Mon pauvre pépé, vous devez plus avoir votre tête pour vous conduire de cette façon !

Lucienne Escouailloux glapit :

– A cause de vous, on a failli se battre ici, espèce de toqué !

Fanfare qui se trouve là, déclare de sa voix de bronze :

– On s'est fait de la bile pour vous. Si on s'était douté... ! un conseil : vaudrait mieux pas que vous vous montriez au café trop vite.

Et pour conclure, la Germaine rugit :

– Si j'étais la Julie, je vous expédierais à l'asile !

Marniac, écrasé, sort en titubant. Il n'a pas le temps de se remettre avant de tomber sur le maire.

– Ah ! vous voilà...

– J'arrive.

– Il aurait mieux valu que vous restiez où vous étiez ! on en a assez de vous et de vos pîtreries !

– Mais, je...

– Écoutez-moi bien ! A la moindre blague, à la moindre farce que vous pourriez jouer à qui que ce soit, à la moindre plainte que je reçois vous concernant, j'appelle les gendarmes et on vous expédie chez les dingues ! A bon entendeur, salut !

Sur le chemin de la ferme, Hippolyte traîne la jambe.

La fatigue l'écrase subitement. Ce qu'il s'était promis de ce retour qu'il imaginait triomphant et constater ce qu'il en est... Il entre dans la salle basse de la ferme où Julie remue une cuillère dans une marmite. Le vieux et sa bru se dévisagent en silence, pendant quelques secondes puis, le bonhomme soupire :

– Eh bien ! voilà...

– Oui.

Elle se penche de nouveau sur sa marmite sans plus se préoccuper de l'arrivant. Cette indifférence met des larmes aux yeux du beau-père qui, d'une voix désespérée, gémit :

– Je suis été en prison... une semaine... !

A défaut d'admiration, il réclame juste un peu de pitié, mais Julie a accumulé une trop grosse rancune pour pardonner tout de suite. Hargneuse, elle jette :

– A qui la faute ?

Il hausse les épaules, sans répondre. La belle-fille vient se planter devant lui et les poings sur les hanches, elle lui crie dans la figure :

– Vous aviez bien besoin de monter une pareille histoire ! Mais, Sainte Vierge ! qu'est-ce qu'il vous a pris de vouloir déshonorer votre famille et de risquer votre tête pour une affaire qui vous regardait pas ?

– Personne ne se souciait plus de moi...

Alors, Julie s'attendrit :

– Asseyez-vous... Je vais vous servir un café et puis, vous monterez vous coucher, ça vous reposera.

C'est ainsi que Hippolyte et sa bru se réconcilièrent.

***

Le voyage qu'il fait de Lyon à Sauvenat-le-Tranquille enchante Chamaroux. La veille, il a soigneusement lu le dossier concernant le meurtre de Léon Rocherousse et dû s'avouer qu'aucune lumière ne lui est apparue. L'incident Marniac relève du folklore et ne montre que l'incapacité – du gendarme au Juge d'Instruction – des gens chargés d'instruire le procès. A ses yeux, une seule figure émerge : celle du menuisier qui, sans le vouloir, a ridiculisé le Tribunal. Quand Chamaroux découvre, au milieu des bois, Sauvenat-le-Tranquille, il imagine avoir découvert l'endroit idéal où n'importe quel homme aimerait vivre. Il arrête sa voiture devant le café Ségonzat. Il y est reçu par Fanfare à qui il demande un apéritif. Ainsi que pour toutes les femmes de ces villages très isolés, la curiosité n'est pas la moindre faiblesse de Berthe Ségonzat. Pour elle, comme pour ses semblables, l'apparition d'un visage inconnu réveille le gout du mystère stagnant au cœur de chacun de nous.

– On vous a pas encore vu par ces coins ?

– C'est la première fois.

– Peut-être que vous avez de la parenté dans la commune ?

– Non.

– Ou des morts au cimetière ?

– Pas davantage.

– Ah...

— A mon tour, s'il vous plaît, de vous poser une question.

— Je vous écoute.

— Auriez-vous une chambre à me louer ?

D'abord ébahie, Fanfare s'exclame :

— Ah ! vous, alors... Bien sûr que j'ai une chambre... On m'assure qu'elle est agréable et je crois... Vous comptez passer plusieurs jours chez nous ?

— Je l'ignore... Ça ne dépend pas de moi... mais de mon chef.

— De votre chef ?

— Oui, parce que, voyez-vous, je suis l'inspecteur chargé de découvrir le meurtrier de Léon Rocherousse.

2

Bien entendu, sitôt que le policier a tourné le dos, Fanfare se précipite au dehors pour répandre la nouvelle. Chamaroux quitte le maire qui l'a reçu assez froidement. De plus, Escouailloux n'a rien pu lui apprendre qu'il n'ait lu dans le dossier emporté. Toutes les personnes croisées se retournent sur son passage. Geoffroy s'oblige à sourire à chacun et ne tente aucun effort pour engager la conversation avec qui que ce soit. Pendant deux jours, il se promène dans la commune, à la façon d'un estivant heureux de respirer à l'aise dans un beau paysage. Cette attitude intrigue et finit même par inquiéter, certains affirmant que si le policier ne se démène pas plus que cela, c'est qu'il connaît l'assassin et attend l'heure de son choix pour lui mettre la main au collet.

Trois jours après son arrivée au village, le policier grimpe dans son auto et gagne Bourg-Argental et plus précisément la gendarmerie où, après avoir décliné son identité, il demande à voir le chef Marcenat. Ce dernier, alerté par téléphone, prie Monsieur l'Inspecteur de bien vouloir monter jusqu'à son appartement où il aura le plaisir de lui offrir l'apéritif.

Tout de suite, le couple Marcenat plaît à Geoffroy. Lui, c'est le bon vivant, heureux de vivre qui ne souhaite qu'une chose : qu'on lui fiche la paix. Grand mangeur, gros buveur, mais assez solidement bâti pour renvoyer à beaucoup plus tard les conséquences de ses excès de table, Jérôme ne souffre que de l'obligation de porter un uniforme qui malmène sa corpulence. Quant à sa femme, elle semble parfaitement accordée à son mari dans la recherche d'agréables plaisirs matériels. Tandis qu'elle se penche, Marcenat lui tapote la croupe et dans ce geste banal, Chamaroux découvre la preuve d'une tendresse que le temps n'atténue pas. Il en est ému.

– Alors, comme ça, c'est vous qu'on a envoyé pour démêler ce sac d'embrouilles de Sauvenat ? J'espère que vous aurez plus de chance que nous... Faut dire que le vieux Marniac nous a joué un joli tour de cochon !

– Qu'est-ce qu'il lui a pris, à votre idée ?

– Ma foi... Je pense, tout simplement, qu'il désirait qu'on parle de lui.

– C'était cher payé, non ?

Marcenat hausse les épaules.

– Allez comprendre, avec ces vieux !

– N'empêche que, sans Prassinet, on l'enfermait pour un bout de temps ! Parlez-moi un peu de ce témoin astucieux.

– Philibert dit le Matru... On raconte que lorsqu'il sort, par grand vent, il est obligé de s'accrocher aux branches pour ne pas être emporté. Un bon ouvrier. Il vit seul, sa femme, Hermance, est morte il y a quelques années et il n'a jamais pu se consoler. Il fraie guère avec les gens du village, sauf au café et encore, le plus souvent, il reste seul à une table. Il préfère se balader en forêt, le jour comme la nuit. C'est pour ça qu'il voit des choses dont les autres ne se doutent même pas. On l'aime bien dans le pays parce qu'il est serviable, mais on en a un peu peur aussi.

– Pourquoi ?

– Vous savez ce que c'est dans nos régions. Pour peu que vous ne vous conduisiez pas exactement comme tout le monde, on a tôt fait de parler de sorcellerie.

– Curieux, votre bonhomme, non ?

– Oui... Quoi qu'il m'ait joué un tour abominable, je suis obligé de reconnaître qu'il est le plus intelligent de tous.

– L'est-il assez pour avoir commis le meurtre et nous faire perdre notre latin avec la complicité de ce pauvre vieux Marniac ?

– Sans doute, mais franchement je ne vois pas de motif. L'argent ne l'intéresse pas et les femmes ne l'intéressent plus.

— Savez-vous qui est son meilleur ami ?

— Je pense qu'il n'a pas d'ami au sens où vous l'entendez mais il y a des gens qui ont de la sympathie pour lui.

— Qui ?

— Par exemple, celle chez qui vous logez, la Berthe Ségonzat, plus connue sous le sobriquet de Fanfare et, ça va vous étonner, la fille des P.T.T., Christine Falaitouze. Elle doit pas avoir vingt ans et pourtant, c'est à Philibert qu'elle va confier ses soucis.

— Pour quelles raisons, à votre avis ?

— Parce que son père — le facteur-receveur — est un casse-pied de première et parce que Philibert sait écouter. C'est même ce qu'il fait le mieux, le bougre ! On remet ça ?

— Volontiers.

La gentille Madame Marcenat remplit les verres des deux hommes. Après avoir bu, le chef s'essuie les lèvres.

— Voyez-vous, Monsieur l'Inspecteur, notre région n'est pas destinée aux mauviettes. Il faut avoir le cœur bien accroché pour tenir le coup dans ces pays. Contrairement à ce que pourraient penser les gens d'ailleurs, on se tient les coudes... Chaque village c'est un peu une famille. Sans doute, on s'y dispute, on s'y querelle...

— On s'y tue...

— Attention ! Je dis : Attention ! Dans toutes les campagnes d'Europe et peut-être même du monde, il y a toujours eu et il y aura toujours des crimes engendrés par le désir de posséder de la terre. Les femmes, ça compte, bien sûr, mais pas autant que la terre... Le champ des Billaudes, les Marniac en rêvent depuis au moins trois générations. Il colle à leur domaine. Seulement, pour des raisons que j'ignore – il faudrait chercher du côté de la jalousie de celui qui a tout raté contre celui qui a réussi – Rocherousse mourait de faim, cramponné à sa terre. Il a dû pousser l'Hippolyte à bout.

– L'ennui, chef, c'est que Marniac n'est pas le coupable.

– Que vous dites !

– Pardon, ce n'est pas moi, mais la Justice !

– Si vous me pardonnez l'expression, je suggèrerais que le vieux a couillonné tout le monde.

– Il est de taille ?

– Avec la complicité de Philibert.

– Dans quel but ?

– La vengeance.

– D'accord pour Marniac, mais Philibert ?

– Y en a qui racontent que, dans le temps, le Léon avait tourné autour d'Hermance, la femme du Matru.

– Les crimes passionnels se commettent tout de suite et puis, l'ophtalmologiste a prouvé que votre Hippolyte ne pouvait atteindre son but de si loin.

– Il était peut-être plus près... beaucoup plus près...

– Mais la veuve prétend...

– Monsieur l'Inspecteur, le défunt se conduisait comme une brute avec sa femme... La Corniaude – heureuse d'être libérée – s'entend avec le vieux qui, sans le vouloir, lui a rendu la liberté.

– Ma foi...

En remontant dans sa voiture, Chamaroux est préoccupé. Est-il possible que trois paysans aient roulé la justice ? Si le Chef dit vrai, Philibert n'a jamais oublié la myopie du vieux et s'il n'a pas parlé au moment de l'arrestation, c'est qu'il tenait à garder son arme secrète en réserve. Un bon calcul qui s'était avéré payant. Plus il réfléchit au problème qu'il doit résoudre, plus Geoffroy se persuade que le « deus ex machina » de toute l'histoire se révèle être ce Philibert Prassinet qu'il se promet d'aller visiter au plus tôt.

***

Fanfare a mijoté une rouelle de porc moutardée qui a cuit à petit feu, très longtemps, sur un lit de légumes hachés. Chamaroux ayant fait honneur au plat, se trouve un peu lourd en se levant de table et rien, à ce moment-là, n'est plus éloigné de sa pensée, que de commencer réellement son enquête. Il a beaucoup plus envie d'un bon somme. Seulement, il n'ose pas s'offrir cette sieste dans sa chambre car cela pourrait faire jaser et pousser les gens de Sauvenat à dire que certains fonctionnaires de police ne se fatiguent pas trop.

Sous prétexte de visiter les lieux du crime, Geoffroy décide de se rendre aux Billaudes mais, pour cela, il doit s'engager dans le petit bois du Sapillon d'où Hippolyte s'est vanté d'avoir tiré sur Rocherousse. La rouelle du porc, lente à passer et le Côte-du-Rhône rendent ses paupières lourdes. Le policier ne lutte pas longtemps et, roulant sa veste en boule qu'il glisse sous sa tête, il s'allonge au pied d'un pin sylvestre, déboutonne son col, dégrafe sa ceinture et plonge, d'un coup, dans un sommeil bienfaisant.

Monsieur l'Inspecteur se réveille par étapes. Ce qui le tire hors de son sommeil, c'est d'abord un chatouillis dû à un insecte plein d'audace et de curiosité, puis une certaine douleur dans le dos qui trahit la courbature, enfin une sensation d'une présence et c'est celle-là qui le ramène tout à fait à la réalité. Il manque, d'ailleurs, repartir aussitôt dans le songe en voyant, debout, devant lui, une fille ravissante à qui sa toilette claire et légère donne une apparence immatérielle. Les yeux ronds, la bouche ouverte, Geoffroy tente vainement de remettre ses idées en place, quand un éclat de rire, cristallin, translucide, se fiche dans l'air et dissipe l'envoûtement. Chamaroux se redresse, resserre sa ceinture, en bref, arrange sa tenue avant de déclarer à la demoiselle le regardant :

– Vous avez un joli rire.

– Seulement ?

– Vous avez raison... Quand on vous examine mieux, on s'aperçoit que vous êtes jolie, des pieds à la tête.

– Merci. Naturellement, vous êtes le policier venu de Lyon ?

– Exact. Naturellement, vous êtes Christine ?

– Oh ! vous savez déjà mon prénom ?

– Grâce à la gentillesse du chef Marcenat.

– S'occuperait-il de moi ?

– Il connaît son Sauvenat sur le bout des doigts.

Ils redescendent côte à côte à travers les pins. Après un silence, Geoffroy déclare d'un ton aussi détaché que possible :

– Je sens que je vais me plaire à Sauvenat.

– Dites-moi pour quelles raisons le cher Marcenat a jugé bon de vous parler de moi.

– Parce que nous discutions du cas Prassinet.

– Philibert ?

– Il paraît que vous le prenez pour confident ?

– C'est vrai... j'aime beaucoup Philibert.

– Parlez-moi de lui.

– Je ne vois pas ce que je pourrais vous raconter ! Un homme qui parle peu, qui réfléchit beaucoup et c'est sans doute pour cela que je l'aime car moi, je parle sans arrêt et je ne sais pas réfléchir.

– Je suis sûr que vous vous calomniez...

– Vous ne me connaissez pas.

– Je ne demande qu'à vous connaître mieux.

– Cela dépendra du temps que vous resterez.

– Cela dépendra de l'assassin.

***

Germaine Mazoires, depuis deux ans, assure l'entretien de l'appartement de Paul Espinat, l'instituteur. Elle agit de la sorte, d'abord pour gagner quelques sous qu'elle garde par devers elle, ensuite pour pouvoir bavarder avec un garçon qui a de l'instruction et comprend le pourquoi des choses qui se passent dans la commune. Les explications fournies par le maître d'école constituent provende que Germaine mâche longuement avant d'en glisser l'essence dans les oreilles complaisantes qui ne manquent pas.

Ce matin-là, tout en passant une serpillère sur le carrelage de la cuisine, tandis que Paul achève de manger les tartines qu'il s'est préparées avec une méticuleuse attention, Germaine Mazoires se redresse :

– A propos...

Elle commence toujours ainsi.

– A propos, vous avez vu ce policier que les Lyonnais nous ont envoyé... d'ailleurs, je vois pas en quoi nos histoires regardent les Lyonnais ?

– Sans doute, Sauvenat relève-t-il du S.R.P.J. de Lyon. Non, je n'ai pas encore rencontré ce monsieur.

– Moi, il me plaît pas... Il a pas l'air de se prendre pour rien.

– C'est peut-être un bon policier ?

– Un bon policier... un bon policier... c'est encore à voir et puis, pourquoi qu'on l'envoie chez nous ?

– Pour trouver l'assassin de Rocherousse.

– Pas besoin de lui, puisqu'on le connaît.

– Allons, allons, madame Mazoires, prenez garde ! Hippolyte a été reconnu innocent... A présent, il est en droit d'attaquer en diffamation quiconque l'accuserait publiquement, et d'obtenir des dommages et intérêts...

– Ça, ça serait le comble ! Moi, je vais vous dire une bonne chose, monsieur Paul : y a plus de justice !

L'instituteur ne juge pas nécessaire de faire écho à ce lieu commun. Germaine, vexée, se remet à la tâche mais elle digère mal ce manque d'intérêt et pense trouver une revanche, en déclarant, sans avoir l'air d'y attacher beaucoup d'importance :

– D'ailleurs, moi, j'ai l'impression qu'il s'occupe guère de son métier.

– Comment pouvez-vous le savoir ?

– Oh ! Quand un garçon s'intéresse aux filles au lieu d'interroger les suspects, c'est pas bien malin de deviner qu'il a autre chose dans la tête que de chercher un soi-disant coupable !

– Madame Mazoires ! Si ce policier est, comme vous le dites, porté sur le sexe... il ne va pas trouver beaucoup de proies par ici...

– Il en a au moins déniché une !

– Sans blague ? et qui donc ?

– La Christine des P.T.T.

– Quoi ?

– Je les ai vus sortir du bois du Sapillon... Ils avaient l'air tout ce qu'il y a de bien, ensemble.

– Nom de Dieu !

La cloche de l'école, vigoureusement maniée par un des élèves, empêche Paul Espinat d'exprimer la fureur qui l'agite.

***

Une timidité naturelle, jointe à vingt années d'esclavage, veulent que la Corniaude soit paralysée par la présence de Chamaroux qui a frappé à sa porte vers le milieu de la matinée.

– Que pensez-vous de l'acquittement de Marniac ?

– Oh ! moi...

– Vous croyez toujours qu'il est coupable ?

– Ma foi, non, puisque les juges l'ont dit. Tout ce que je sais, c'est qu'on a tiré sur mon homme d'entre les arbres du Sapillon, là où l'Hippolyte s'était réfugié après que le Léon l'a eu cogné.

– Vous vous préparez à quitter le pays ?

– Sitôt que j'aurai vendu la ferme et les terres.

– Pourquoi partez-vous ?

Elle secoue la tête, accablée.

– Je suis trop malheureuse... En plus de ma petite rente, je ferai des ménages... Je m'en tirerai.

Geoffroy abandonne la Corniaude à ses médiocres espérances et repart dans la campagne. Jamais son métier ne lui a paru plus ennuyeux. De l'opinion générale, de Sauvenat, le défunt était un homme méprisable. En en débarrassant le coin, l'assassin anonyme a rendu service à la communauté. Pourquoi Geoffroy s'épuiserait-il à chercher ce tueur-bienfaiteur ? A la vérité, ce raisonnement insensé tient à ce que notre policier aurait préféré passer son temps avec la charmante Christine plutôt que de remuer cette fange toujours sous-jacente à tout établissement humain.

Ce célibataire ne comprend pas très bien ce qui lui arrive. Lui qui ne voulait plus entendre parler des femmes depuis sa malheureuse expérience avec Mireille, voilà qu'il s'éprend d'une fille qu'il ne connaît pas, uniquement parce qu'elle est fraîche et gracieuse. Malgré lui, il se rappelle les choses gentilles qu'elle lui a dites, la veille. Au fur et à mesure que Geoffroy s'enfonce dans ses rêves il oublie Mireille et ses mensonges pour recommencer à croire au bonheur du couple. Il se met à imaginer un foyer que tiendrait Christine tandis que lui, Geoffroy, gagnerait l'argent du ménage en réussissant des affaires dans le monde du commerce. Sans prendre attention à la route qu'il suit, Chamaroux vient rôder autour de la Poste et, finalement, il l'aperçoit, revenant du marché. Il se porte à sa rencontre et elle le reçoit avec un si charmant sourire, une telle ardeur que le policier ne doute plus qu'il lui plaise. Coquette, elle s'enquiert :

– Je n'aurais pas la vanité de penser que vous me cherchiez ?

– Vous auriez tort !

– C'est vrai ? Je suis contente ! On peut aller se promener un moment ?

– Je suis là dans cet espoir.

– Alors, je vais déposer mes paquets et je reviens.

Bientôt, côte à côte, ils s'enfoncent dans la forêt qui s'étend jusqu'à Saint-Agrève, dans l'Ardèche. Les deux jeunes gens sympathisent assez pour se confier l'un à l'autre. Christine dit à quel point ses parents – notamment son père – souhaitent la voir entrer aux P.T.T. Pour Frédéric Falaitouz, l'administration des Postes est une sorte de paradis terrestre à laquelle tout être sensé doit aspirer. Mais Christine refuse de se laisser convaincre. Elle n'apprécie pas un avenir dont l'essentiel se passerait derrière un guichet et qui la mènerait inexorablement à épouser un collègue. L'image constante du ménage de son père et de sa mère qui s'enlisent dans un morne renoncement, n'est pas faite pour l'encourager à prendre le chemin qu'on lui recommande de suivre. Ce que désire Christine, c'est vivre avec un homme qu'elle aimera, qui l'aimera afin qu'ensemble, ils puissent aller au gré de leur fantaisie en méprisant les horaires et les obligations inutiles. Et puis, la petite souhaite ne plus entendre parler de la campagne. Elle y a vécu trop longtemps. De toutes ses forces, elle aspire à la ville. Chamaroux, de plus en plus conquis, la juge adorable. Il ne se souvient même plus de son expérience avec Mireille. Il se sent tout neuf.

Emporté par cette franchise qui le bouleverse, Geoffroy entre, à son tour, dans la voie des aveux. Il dit qu'il n'a jamais cru aux femmes et qu'il était résolu à demeurer célibataire, du moins jusqu'à son arrivée à Sauvenat. Emue, rougissante, les larmes aux yeux, Christine balbutie :

– Vous... vous pensez pas... qu'on va un peu... un peu vite ?

– Non. Et vous ?

– Moi... non plus.

– J'ai toujours cru au coup de foudre.

– Je me figurais que ça n'existait que dans les livres... je ne vous connais pas...

Alors, il se raconte. Il dit à quel point son métier – où il est entré par hasard – l'écœure. Il glose, lui aussi, sur la dévotion de ses parents envers le fonctionnarisme. Il expose son intention de vivre l'aventure des affaires, mais à Lyon. Sur le chapitre de cette ville qu'il aime, Chamouroux devient lyrique, se révèle intarrissable. Pour parler des quartiers envers lesquels il nourrit une inclination particulière, il se fait tendre et sa voix prend des inflexions d'une douceur inattendue. On dirait qu'il parle d'une maîtresse passionnément chérie.

En se séparant, Geoffroy et Christine ne s'embrassent pas, mais c'est tout juste. La jeune fille regagne la poste en dansant et le policier escalade en chantonnant la colline qui, à l'est de Sauvenat, porte les trois croix d'un calvaire. De cette éminence, on jouit d'une vue magnifique. Pareil à tous les amoureux du monde, Chamaroux cherche la demeure de sa bien-aimée et quand il l'a localisée, il essaie de se représenter ce que peut y faire Christine en ce moment-même. L'Angélus n'arrache pas le policier à sa torpeur heureuse. Paul Espinat doit le saluer par trois fois pour que l'inspecteur se décide à le remarquer.

– Oh ! pardon... je me figurais que je dormais les yeux ouverts.

– Je suis l'instituteur de Sauvenat, Paul Espinat.

– Geoffroy Chamaroux, chargé de l'enquête sur le meurtre de Léon Rocherousse.

Ils se serrent la main.

– J'ai pensé qu'entre fonctionnaires, nous devions nous rencontrer.

– Voilà qui est fait.

– Comment trouvez-vous notre village ?

– A première vue, agréable.

– Il y a deux ans que j'y suis.

– Vous ne vous y ennuyez pas ?

– Non, depuis que je suis fiancé.

– Je vous comprends... cela occupe.

– Surtout que j'ai la chance de pouvoir épouser une très jolie fille.

— Félicitations !

— Merci. Il faudra que je vous la présente. Mais, que je suis sot ! vous la connaissez !

— Moi ?

— Vous lui avez parlé, hier. Christine Falaitouze, la fille du facteur-receveur !

— Et... quand devez-vous vous marier ?

— La date n'est pas encore fixée. Avant la fin de l'année cependant.

— Alors, bravo ! Maintenant, excusez-moi, mais il faut que je regagne le café, Mme Ségonzat n'aime pas qu'on soit en retard pour le déjeuner.

— Je vous en prie. Au plaisir de vous revoir.

— Plaisir qui sera partagé.

L'instituteur parti, Chamaroux descend à pas lents vers le village. Pourquoi lui a-t-elle joué ce mauvais tour ? Pour s'amuser ? Elles sont donc toutes à l'image de Mireille ? Partagé entre le chagrin et la colère, Geoffroy ne voit rien ni personne. Ceux qui le rencontrent, estiment qu'il doit être sur le point de démasquer l'assassin, ce qui explique sa préoccupation.

***

Chez les Marniac, Hippolyte, depuis son retour, mange sans desserrer les dents et, sitôt le repas terminé, regagne sa chambre d'où il n'émerge que le soir. On arrive au fromage lorsque Michel, le journalier, déclare, tout à trac :

– Y en a qui savent y faire avec les filles.

Julie l'interroge :

– De qui tu causes ?

– De ce policier qui est installé chez Fanfare.

– Et alors ?

– Il est à peine arrivé qu'il a déjà deux rendez-vous avec la fille de la poste !

Antonin manque s'étrangler et croasse :

– Qu'est-ce que tu dis ?

– Le Biganche les a vus dans le bois du Sapillon hier après-midi et tantôt, François les a aperçus qui partaient en balade.

– Cré dieu !

Pâle comme un mort, Antonin se lève, jette sa serviette sur la table et sort. Hébété, Michel demande :

– Qu'est-ce qu'il lui prend ?

Julie explose :

– Tu pouvais pas te taire, grand babet !

– Mais... je comprends pas...

– Te fais pas plus bête que t'es ! Comme si tu savais pas que le Tonin, il est achiné à cette fille que c'en est pas croyable !

***

Chamaroux mange du bout des dents. Fanfare s'en émeut.

– Ça vous plaît pas ?

– Si... mais je n'ai pas faim.

– Vous êtes pas malade, au moins ?

– Physiquement, non.

– C'est le moral qui va pas, alors ?

– Si on veut...

Le dialogue confidentiel est interrompu par l'entrée brutale du jeune Marniac qui se dirige directement vers le policier.

– Je peux vous parler ?

Question qu'il pose d'une voix si forte, si arrogante que Sans-Peur, Vesselier et Belleguette qui vident leur chopine, prêtent l'oreille.

– Je vous écoute.

– Je m'appelle Antonin Marniac.

– Et alors ?

– Je dois vous préciser que je suis fiancé à Christine Falaitouze !

– Tiens ! vous aussi ?

– Quoi ?

– L'instituteur m'a appris la même chose.

– Je m'en fous ! S'il est idiot, c'est pas ma faute ! mais si vous, vous tournez autour de ma fiancée, je vous flanque un coup de fusil !

– Une habitude de famille ? Après le grand-père, le petit-fils !

– Bon Dieu !

Antonin veut se jeter sur le policier mais Sans-Peur et Belleguette se précipitent sur lui. Sans-Peur gronde :

– T'as plus ta tête ou quoi ?

– Vous avez pas entendu ? Il a l'air de dire que c'est le pépé qui a tué Rocherousse !

– C'est pas impossible...

— Toi, je vas te casser la gueule !

Marniac ne peut réaliser sa promesse car les clients, unissant leurs efforts, le poussent dehors.

3

Lorsque le café a retrouvé sa quiétude, Sans-Peur déclare que ces Marniac sont tous plus fous les uns que les autres et chacun retourne à sa chopine. Fanfare revient à la table de l'inspecteur :

— Il a pas déparlé, le Tonin ?

— Que voulez-vous dire ?

— Vous fréquentez la Christine ?

— Quelle idée ! J'ai rencontré cette fille et nous avons bavardé. On ne peut quand même pas épouser toutes les femmes avec lesquelles on échange quelques mots ! Je crois qu'une petite promenade me calmera.

A peine Geoffroy a-t-il atteint les dernières maisons de Sauvenat qu'il est rattrapé par Sébastien Mazoires, le garde dit Sans-Peur.

— Je crains que ma Germaine, elle me réserve une jolie réception... Je suis plutôt en retard.

— Vous la redoutez à ce moint-là ?

— Ça semble vous amuser, hein ?... Seulement, si vous la connaissiez !

— A vous entendre, je me félicite de n'être pas marié !

— Ce qui serait bien... c'est que vous m'accompagniez... Vous diriez que vous m'avez retardé... Ça me rendrait un sacré service...

– Vraiment ? Eh bien ! allons-y...

– Merci !

La fureur qui secoue Germaine s'apaise brusquement lorsque la porte s'ouvre devant son mari et le policier. Avant qu'elle ne puisse prononcer un mot, Sébastien explique que l'inspecteur l'a retenu pour lui demander son avis sur le meurtre de Léon. Flattée qu'on prît en considération l'opinion de son époux, la Mazoires devient miel et sucre. Le policier ayant déjà déjeuné, il accepte de boire un café, pendant que ses hôtes mangeront, ce qui n'empêchera pas la conversation. On bavarde un instant au sujet de la population de Sauvenat et puis, très vite, on aborde le sujet du crime. Germaine soupire :

– Qui aurait pu penser qu'une pareille horreur aurait lieu chez nous !

– Le chef Marcenat, madame, pense que le vieux Marniac a roulé tout le monde et...

– Il a raison ! Le chef est un homme qui a de l'expérience. On aurait été mieux inspiré de l'écouter, lui, que de se fier à ces juges de la ville qui connaissent rien à nos campagnes !

– Alors, vous aussi, vous croyez à la culpabilité d'Hippolyte ?

– Et comment !

– Pourquoi aurait-il tué Rocherousse ?

– A cause des Billaudes...

– Il a parlé de sa femme qui aurait...

– Mensonge ! L'Odile et moi, on a appris à lire ensemble ! Y avait pas plus brave !... Quand elle s'est mariée avec Marniac, on voulait pas le croire.

– Pourquoi ?

– Parce que les Marniac avaient mauvaise réputation... Hargneux, batailleurs, buveurs... C'est le père d'Odile qu'a vendu sa fille, le salaud, aux Marniac qui avaient des sous, gagnés on sait pas trop de quelle façon !...

– Elle a été malheureuse ?

– A un point qu'on peut pas dire !

– Dans ce cas, il est possible qu'elle ait cherché une consolation ailleurs ?

– Odile ? Jamais ! C'était un vrai cul-béni ! Dès qu'elle avait cinq minutes, elle récitait un chapelet et puis, faut reconnaître qu'avec son bec-de-lièvre, elle était pas tellement attirante...

– Donc, les Billaudes ?

– Ouais... Les Marniac, ils en rêvaient de ce champ et le Léon, qui en voulait à eux autres d'avoir des sous tandis qu'il en avait pas, était prêt à crever de faim plutôt que de céder aux Marniac. Ils ont tué Rocherousse en pensant que la Corniaude, qu'est pas maligne, se laisserait convaincre. Seulement, manque de pot, l'usine s'est pointée avant eux... (elle fut prise d'un rire qui n'en finissait pas et quand elle put reprendre son souffle, elle remarqua en s'essuyant les yeux). Ils ont dû en faire une gueule quand ils ont su !

– Tout cela est bien joli, madame Mazoires, mais il y a la myopie du vieux qui a été officiellement reconnue assez forte pour l'empêcher de réussir le méchant exploit dont il se vantait.

– Je sais, mais pourquoi il s'en vantait ?

– Pour qu'on parle de lui !

– A moins que ça soye pour couvrir quelqu'un ?

– Qui ?

– Son fils... Voilà comment je vois les choses. Hippolyte a menti quand il a prétendu qu'il était revenu à la ferme pour prendre son fusil et qu'il en était reparti sans que personne l'ait entendu. A la ville, ça serait peut-être possible, pas chez nous, hein Sébastien ?

– Ouais...

– A mon idée, l'Albert, il a suivi son père et s'est arrêté dans le bois du Sapillon et quand le vieux est venu tomber devant lui, à moitié assommé par Rocherousse, il a ramassé le fusil et il a démoli le Léon. Faut pas oublier que l'Albert Marniac, au régiment, il a eu son brevet de tireur d'élite et qu'il a gagné tous les concours où il s'est engagé, depuis.

– Non d'un chien ! pour quelles raisons personne n'en a parlé au procès ?

***

Julie lave la vaisselle du déjeuner quand Chamaroux entre. Elle s'essuie les mains à son tablier et relève une mèche de cheveux qui reste collée à son front mouillé de sueur.

– Vous désirez ?

— Je suis l'inspecteur chargé de l'enquête sur le meurtre de Léon Rocherousse.

— Du moment que le père a été acquitté, on refuse d'entendre parler de cette histoire.

— On l'a acquitté lui, mais pas l'assassin. Où est votre mari ?

— Dans la grange, il dort.

— Et votre fils ?

— Oh ! lui, il est à moitié fou !

— Je sais... On vous a rapporté que chez Ségonzat, il a essayé de me frapper sous prétexte que j'avais adressé la parole à une jeune fille dont il semble épris ?

— Non, mais ça m'étonne pas ! cette fille l'a ensorcelé... J'ai beau lui expliquer qu'elle est pas pour lui, il continue à rêver. Bien sûr, je vous demande pardon, mais cet imbécile est plus à plaindre qu'à blâmer...

Elle se laisse tomber sur une chaise et ses longues mains maigres et fatiguées dans son giron, elle gémit :

— Y a des moments où j'en peux quasiment plus... Un beau-père qui est un hurluberlu, un fils qui perd la boussolle et un mari qui veut se mêler de rien...

Geoffroy est touché par cette détresse pudique. Il désirerait exprimer une consolation quelconque mais il ne trouve pas les mots. Descendant l'escalier, Hippolyte se montre et s'arrête net en voyant le visiteur.

— T'as de la visite, ma fille ?

— A cause de vous !

Le policier se présente. Le vieux l'envoie promener :

— La porte est derrière vous. Allez, hop ! j'ai rien à faire avec vous ! Je suis été acquitté !

– Monsieur Marniac, vous avez été acquitté pour le meurtre de Léon Rocherousse, mais pas pour une complicité possible.

Hippolyte s'adresse à sa bru.

– Qu'est-ce qu'il raconte ?

– Oh ! me mêlez pas à ça ! J'en ai par-dessus la tête des Marniac ! Alors, asseyez-vous, ici ! (elle l'oblige à s'asseoir à la table) et vous, monsieur, sans vous commander, asseyez-vous là... (l'inspecteur obéit). Maintenant, vous vous débrouillez tous les deux je retourne à ma vaisselle.

Hippolyte, gêné, chuchote :

– Vous vous rendez compte comment elle me traite ? Y a plus de respect...

– Le respect, on doit le mériter et c'est pas en jouant les guignols qu'un homme de votre âge gagne l'estime des siens. Monsieur Marniac, vous n'avez pas tué Rocherousse, mais quelqu'un l'a tué.

– Un brave gars.

– Vous connaissez son nom ?

– Malheureusement pas ! Si je savais qui c'est, j'y paierais un litre !

– Monsieur Marniac, battu par Rocherousse, vous vous êtes réfugié dans le bois du Sapillon. Qui vous y attendait ? Qui a pris votre fusil pour tirer sur la victime ?

– Je sais point.

– Ce ne serait pas votre fils, par hasard ?

– Albert ? Ça ne va pas ? Oh ! Julie ! en voilà un qui s'est mis dans le crâne que ton mari est l'assassin !

La femme revient vers la table.

– Si vous connaissiez mon époux, monsieur, vous ririez de votre soupçon. Il a beau être fort comme un Turc, mon pauvre Albert a peur, peur de moi et, par-dessus tout, peur de la loi. Il est incapable de risquer la moindre action qui l'opposerait aux gendarmes et il est incapable aussi d'entreprendre quoi que ce soit sans réclamer mon avis. – Elle eut un sourire triste avant d'ajouter. – Je pense que si, un jour, il voulait se débarrasser de moi, il commencerait par m'en demander la permission. Vous devez chercher votre assassin ailleurs que chez les Marniac, monsieur.

– Croyez-le ou non, madame, j'en suis heureux.

⁂

Comment a-t-elle su que Chamouroux était chez les Marniac ? Toujours est-il que Christine l'attendait à deux ou trois cents mètres de la ferme. Quand elle l'aperçoit, elle court vers lui si gaie, si jeune, si claire que le cœur du policier se serre. Est-il possible qu'elle ait déjà tant de cynisme en elle ? qu'elle ne soit qu'une petite allumeuse froide et perverse ?

– J'avais peur de vous manquer...

– Vraiment ? .

L'ironie du ton freine son élan. Avec le visage bouleversé d'une enfant, elle balbutie :

– Vous... vous n'êtes... plus... le même ?

– Et vous ?

– Moi ?

– Oui, quand êtes-vous sincère ? Lorsque vous êtes avec l'instituteur ? avec Antoine Marniac ? ou avec moi ?

– Oh ! On vous a raconté des saletés sur mon compte !

– Absolument pas.

– Alors, pourquoi ?

– Parce que M. Espinat m'a rejoint après que nous nous soyons quittés ce matin, pour m'apprendre que lui et vous, étiez fiancés.

– Mais ce n'est pas vrai ! Il voudrait bien et moi, je ne veux pas !

– Quant au fils Marniac, il m'a menacé d'un coup de fusil si j'adressais encore la parole à sa fiancée, vous !

– Tout ça n'est que mensonges ! Il n'y a jamais rien eu entre ces garçons et moi, jamais ! Sans doute, ils sont toujours collés dans mes jupes parce que je n'arrive pas à m'en débarrasser par crainte du scandale. A présent, je m'en fiche ! La seule chose que je regrette, c'est que vous n'ayez pas eu confiance en moi !

Sur ce, elle virevolte sur ses talons et s'enfuit en courant. Chamaroux n'est pas très fier de lui quand il reprend sa route.

⁂

Paul Espinat énumère les défauts essentiels de nos ancêtres, les Gaulois, lorsque Christine fait irruption dans sa classe. Il y a un moment de stupeur tant chez les élèves que chez le maître, puis la classe entière commence à se passionner pour la scène se déroulant sous ses yeux quand la fille du facteur-receveur coupe d'un « Taisez-vous ! » impératif, la salutation interrogative de l'instituteur. Continuant sur sa lancée et s'emportant au rythme accéléré de sa colère elle crie :

– Vous n'avez pas honte, vous, le maître de l'école, de mentir effrontément ? De quel droit racontez-vous que nous sommes fiancés alors que nous ne le sommes pas ?

– Mais... je me figurais... j'espérais...

– Monsieur Espinat, je vous le dis devant tous les enfants qui nous écoutent : ni maintenant, ni plus tard, je ne veux ou ne voudrai de vous. Alors, fichez-moi la paix et cessez vos racontars sinon mon père ira voir l'inspecteur !

Sur ce, elle sort, laissant l'amoureux instituteur effondré et les gosses enchantés par cette aventure qui a si merveilleusement interronpu la monotonie de la classe. Dans l'ensemble, ils regrettent qu'il n'y ait pas eu échange de coups.

Sur son élan, Christine gagne la terre des Lourdettes où travaillent les Marniac, père et fils, en compagnie de Michel. A sa vue, Antoine se précipite mais, sans lui prêter attention, la jeune fille rejoint Albert :

– Monsieur Marniac, je suis venue vous annoncer que si votre fils ne cesse pas de se promener dans la commune en prétendant que nous sommes fiancés, j'irai trouver les gendarmes !

Antonin proteste :

– Voyons, Christine...

– Ça suffit, Antonin ! Vous m'embêtez ! Vous êtes,

sans doute, un bon garçon mais je ne vous aime pas. Dorénavant, je vous défends de m'adresser la parole !

Quand la petite s'en est allée, Albert tape sur l'épaule de son rejeton.

– C'était pas une fille pour toi.

Michel renchérit :

– Ton père a raison, Tonin – et sentencieux, il ajoute :

– Faut jamais essayer de péter plus haut que son cul.

***

Au soir de cette journée si remplie, Chamaroux, dans l'espoir de ne plus penser à Christine – bien que, juge-t-il, elle ait eu des accents sincères – décide de se rendre chez Philibert.

Assis devant sa porte, sur une souche d'érable, le menuisier fume sa pipe. Il ne bouge pas en voyant son visiteur.

– Bonsoir, monsieur Prassinet.

– Bonsoir, monsieur l'Inspecteur.

– Je ne vous dérange pas ?

– Pas le moins du monde... Je me demandais quand vous vous décideriez à venir me causer.

– Vous pensez que c'était obligé ?

– Dame ! Je suis quand même celui qui a sauvé l'Hippolyte.

– Je vous en félicite.

– Y a pas de quoi, je déteste l'injustice. On rentre ou si vous vous asseyez sur cette grosse pierre ?

– Je préfère.

Ils cessent de parler pendant quelques instants, puis :

– Monsieur Prassinet, vous avez une idée quant à l'identité du meurtrier ?

– Pas encore...

– Mme Mazoires a attiré mon attention sur le fait qu'Albert Marniac est un fin tireur.

Philibert ricane :

– Sacrée Germaine... C'est vraiment une garce... Moi aussi, je me défends bien au fusil...

– Seulement, vous n'aviez aucune raison de tuer Léon Rocherousse.

– Qui sait ?

Encore un long silence.

– A mon idée, monsieur l'Inspecteur, vous ne trouverez pas le coupable.

– Parce que ?

– Parce que, d'abord, personne n'aimait le Léon, ensuite parce que c'est un meurtre de hasard.

– C'est-à-dire ?

– Que l'auteur du coup l'a pas prémédité... Il a saisi l'occasion qui lui était offerte et il a foutu le camp avec le fusil.

– Ce serait navrant que ce crime restât impuni.

– Bah ! la vie est pleine de crimes impunis.

– Amertume ?

– Non, expérience.

Geoffroy goûte ces interruptions dans son dialogue

avec le Matru. Il y découvre une sorte de jeu subtil, mutuellement consenti et qui permet, dans l'obscurité qui, peu à peu, submerge tout, de peser ce qu'a dit l'autre et de préparer sa réponse.

– Il paraît que Christine Falaitouze vient souvent vous voir ?

– Souvent.

– Que pensez-vous d'elle ?

– Une pouliche à qui on n'a pas encore mis le mors... Pour l'heure, elle rêve... Bah ! elle se réveillera toujours assez tôt.

– Il y a longtemps que vous ne l'avez vue ?

– Tout à l'heure... Elle était assise à votre place... J'ai eu l'impression qu'elle commence à s'éveiller.

– A quoi l'avez-vous deviné ?

– Elle pleurait.

– Pour quelles raisons ?

– A son âge, monsieur l'Inspecteur, c'est forcément parce qu'elle est amoureuse.

Ils se turent, laissant le temps couler lentement. Le policier se leva.

– Je vous laisse, monsieur Prassinet, j'ai été heureux de bavarder avec vous.

– Revenez quand il vous plaira.

– Je n'y manquerai pas. Bonne nuit.

– Bonne nuit.

Chamaroux s'est éloigné d'une dizaine de pas lorsque Philibert lance :

– A propos...

– Oui ?

– La Germaine, en vous renseignant si bien sur Albert Marniac, a peut-être oublié de vous apprendre qu'elle est la fille d'un braconnier qui a fait d'elle une tireuse de tout premier ordre.

– Je ne le savais pas !

– Maintenant, vous le savez. Bon retour...

CHAPITRE V

1

L'inspecteur Geoffroy Chamaroux passe une nuit agitée, peuplée de cauchemars où se déroule indéfiniment la même scène : une jeune fille blonde, en larmes, se précipite vers lui, poursuivie par une mégère ressemblant à Germaine Mazoires, qui tient un fusil. La jeune fille court sur une sorte de trottoir roulant qui la ramène en arrière chaque fois qu'elle s'arrête pour reprendre haleine. Le policier, paralysé dans son fauteuil devant la fenêtre, ne peut que tendre les bras. Sur le matin, Chamaroux se réveille fourbu et trempé de sueur.

Quand l'inspecteur, encore mal remis de ses épreuves nocturnes descend prendre son café, Fanfare — tout en lui servant son café et en posant sur la table, le pain et le beurre — lui confie :

— Pour une fois, on a bien rigolé hier soir à Sauvenat...

— La cause de cette joyeuse humeur ?

– Christine, la fille des postiers.

L'inspecteur sent un grand froid l'envahir. Afin de masquer son émotion, il s'arrange pour parler la bouche pleine.

– Qu'a-t-elle fait ?

– Entre nous, cette petite, je l'aurais pas crue capable de se conduire comme ça.

– Se conduire comment ?

Fanfare raconte ce qui s'est passé à l'école et dont on a su tous les détails par les enfants qui, pour une fois, ont témoigné d'une mémoire sans faille. Elle ajoute qu'au soir, Michel a rapporté à qui voulait l'entendre, la scène s'étant déroulée dans le champ où il travaillait en compagnie des Marniac, père et fils. Au fur et à mesure que son hôtesse parle, Geoffroy est emporté par une allégresse qu'il a beaucoup de mal à réfréner.

– Je me figurais que cette jeune fille était fiancée à l'instituteur ou au petit-fils du vieux Marniac ?

– Mon œil ! Ces garçons s'entêtent à lui coller au train ! Ils se résignent pas à lui ficher la paix ! Et voilà qu'à présent, ces deux grands couillons se promènent en déclarant que Christine est leur fiancée. D'ailleurs, vous en avez eu un exemple quand l'Antonin est venu vous embêter pendant que vous finissiez de manger.

Chamaroux hausse les épaules pour montrer qu'à ses yeux, cela importe peu. Fanfare continue sur sa lancée :

– A présent qu'elle leur a publiquement rivé leur clou, ils lui ficheront la paix ! Tout le monde l'aime pas la Christine, mais moi, si.

– Pourquoi ne l'aime-t'on pas ?

– Parce qu'elle ressemble pas aux autres... et ça, on lui pardonne pas... Et puis, elle est trop « demoiselle » pour Sauvenat... En plus, la Julie Marniac lui en veut à cause de son fils et la Germaine Mazoires à cause de l'instituteur à qui elle est attachée presque comme une mère.

– Bah ! il faut des petits drames comme celui-là pour animer la vie de Sauvenat-le-Tranquille. Je file saluer le curé. Je ne l'ai pas encore rencontré.

***

– Si votre présence, monsieur, ne m'indiquait que le démon rôde encore dans Sauvenat, je serais heureux de vous accueillir mais hélas...

– Partout, Monsieur le Curé, il y a des âmes perdues.

– Jusqu'ici, je m'illusionnais dans ma certitude qu'elles ne trouveraient pas refuge dans ma paroisse...

– Rien ne prouve, encore, que le meurtrier soit de vos ouailles.

– Mon Dieu ! puissiez-vous dire vrai !

M. Rascoupet et le policier se promènent à petits pas sur la place où s'ouvre le porche de l'église. Le soleil passant à travers les feuillages des vieux arbres qui semblent des gardiens immobiles du temple, met des taches dorées sur leurs pieds. Geoffroy se laisse envahir par la douceur du moment, par la beauté paisible du décor et son métier le dégoûte plus encore que de coutume. Parce que le spectacle de la nature l'attendrit, il songe à Christine et se dit que les deux esclandres dont elle a été l'auteur, prouvent – mieux que n'importe quel plaidoyer – sa sincérité quant aux prétentions de ses pseudo-fiancés. Lui pardonnera-t-elle ses doutes ?

– Il y a combien de temps que vous dirigez cette paroisse Monsieur le Curé ?

– Trente-cinq ans.

– Alors, vous connaissez vos paroissiens mieux que personne ?

– J'en ai baptisé le plus grand nombre et donné l'extrême-onction à beaucoup.

– Aidez-moi en me parlant de Léon Rocherousse.

– Dieu me pardonne de traiter ainsi un défunt et de paraître tenté de peser sur Son Jugement mais Rocherousse était un méchant homme.

– A quel point de vue ?

– D'abord un mauvais chrétien qui ne fréquentait pas l'église et dont le plus grand plaisir consistait à détourner ou à essayer de détourner les épouses de leurs devoirs...

– Y parvenait-il souvent ?

– Moins qu'on ne l'a prétendu. Ensuite, il n'avait de cesse de chercher querelle à Pierre et à Paul, sous n'importe quel prétexte. Enfin, il se conduisait de façon atroce avec sa pauvre femme, la malheureuse Rosalie, qu'il battait comme plâtre et privait parfois, de nourriture.

– Elle n'a jamais regimbé ?

– Comment l'aurait-elle pu ? Sur dénonciation anonyme, les gendarmes sont venus deux fois, mais ils ont dû se retirer puisque la victime ne portait pas plainte.

– Pourquoi ?

— Par crainte de cruelles représailles.

— Peut-on envisager que quelqu'un ait voulu venger cette pitoyable créature ?

Le prêtre eut un sourire triste.

— Monsieur l'Inspecteur, les don Quichotte ont toujours un amour au cœur et vous avez vu Rosalie. Il est difficile de supposer qu'elle puisse inspirer une passion allant jusqu'au meurtre. Quant au dévouement gratuit, ce n'est pas le fort de nos populations surtout poussé à ce point-là !

Ils poursuivent leur promenade paisible jusqu'au moment où Germaine Mazoires et Julie Marniac — soudainement réconciliées — se précipitent vers le prêtre en parlant toutes les deux à la fois. Le policier dresse l'oreille quand il surprend le nom de Christine dans cette confusion verbale. Julie se montre la plus véhémente, Germaine la plus venimeuse. La première se plaint de ce que l'attitude de la jeune fille ait réduit son fils au désespoir, la seconde proclame que, pour des raisons identiques, l'instituteur n'a plus goût à rien. Toutes deux supplient leur pasteur d'intervenir en blâmant publiquement cette Christine dont certains (ici, coup d'œil en direction de Geoffroy) venus à Sauvenat pour autre chose que jouer les jolis cœurs, soutiennent les caprices. Le curé ne sait à laquelle des deux femmes répondre ni quoi répondre. Il s'apprête à chercher son salut dans une retraite prudente lorsque Philibert, s'amène, son grand nez de chien de chasse pointé en avant.

— Alors, Monsieur l'Abbé, ces femmes vous maltraitent ?

— Disons qu'elles sont un peu énervées...

Julie rugit :

— Énervées ? non, indignées plutôt par le comportement de Christine Falaitouze, cette impudique !

Le Matru contemple les deux femmes.

— Qu'est-ce qu'elle vous a fait, cette petite ?

Elles content de nouveau l'état lamentable de l'Antonin et de l'instituteur. Philibert, après avoir paru réfléchir, conclut :

— Deux fameux imbéciles, si vous tenez à connaître mon avis.

Une double exclamation scandalisée salue cette opinion et les deux femmes, abandonnant le menuisier, assaillent de nouveau M. Rascoupet.

— Vous entendez ? Ce vieux machin prend la défense de l'allumeuse !

Julie crie :

— Alors, toi aussi, Philibert, cette gamine t'a envoûtée ?

— Dame ! et si j'étais plus jeune... Note que toi, ma Julie tu me déplais pas non plus !

Le Matru croit nécessaire de prouver sa sincérité en pinçant le derrière de Mme Marniac qui, glapissante, se sauve. Le menuisier s'avance, l'air lubrique, vers la Germaine.

— Toi aussi, je te trouve bien gente, ma Germaine.

La Mazoires préfère céder la place en hurlant que Philibert est un obsédé et qu'il faut l'enfermer dans un asile le plus vite possible. Le Matru s'adresse au prêtre :

– La seule manière de vous débarrasser de ces furies !

– Je ne pense pas que ce soit là une méthode très orthodoxe, mais je vous remercie tout de même.

Philibert s'éloigne et M. Rascoupet soupire :

– Il ne nous manquait plus que cela ! Mais qu'est-ce qu'elle a donc cette petite ?

– Elle est jeune, elle est jolie, elle fait rêver les garçons qui finissent par confondre leurs songes avec la réalité. A vous revoir, Monsieur l'Abbé.

***

Pour n'avoir pas l'air de prendre parti contre lui, Chamaroux s'en va saluer le maire. Il le trouve occupé à remplir quelques-uns de ces innombrables formulaires dont sont accablées les mairies campagnardes.

– Une des servitudes les plus pénibles de ma fonction, Monsieur l'Inspecteur, car je suis le seul, à Sauvenat, à pouvoir comprendre ce qui nous est demandé et le seul à être capable d'y répondre. Contrairement à une opinion trop répandue, il faut quelque savoir, pour diriger une commune.

– J'en suis persuadé.

– Quand on pense à ceux qui aspirent à me remplacer, c'est à pleurer ! A propos, votre enquête progresse-t-elle ?

– Je souhaiterais pouvoir vous répondre par l'affirmative, mais hélas...

– Je n'ai pas la prétention, évidemment, de vous

apprendre votre métier... Cependant, j'ai réfléchi à votre problème qui est aussi, un peu, le mien.

– Sans aucun doute.

– Je suis arrivé à cette conclusion que le meurtrier pourrait être un braconnier relevant d'une commune voisine et à qui le hasard a offert l'occasion de se débarrasser d'un homme qui l'avait, peut-être, dénoncé aux gendarmes.

– Ces derniers n'ont-ils pas envisagé cette hypothèse ?

– Peut-être que oui, peut-être que non... En tout cas, j'estime que si l'assassin est des nôtres, vous pourriez chercher les raisons de son geste dans le passé.

– Nul autre mieux que vous, Monsieur le Maire, ne saurait m'aider dans ce cas !

– Je ne suis pas ici depuis assez longtemps mais je vais compulser nos archives et interroger les plus vieux qui ont encore la tête solide. Tenez, venez donc prendre le café, chez moi, vers une heure. J'espère, alors, vous apporter des renseignements substantiels.

– Comptez sur moi.

***

Contrairement à ce qu'on aurait pu se figurer, l'inspecteur a presque oublié sa mission pour ne penser qu'à une chose : Christine ne lui avait pas menti. Sans doute, Geoffroy n'ignore-t-il pas qu'il n'a pas été envoyé à Sauvenat-le-Tranquille aux frais de l'État pour vaquer à ses affaires personnelles mais bien pour découvrir un meurtrier. Seulement, ce métier que le policier n'aimait déjà pas en quittant Lyon, le rebute depuis qu'il a rencontré Christine et qu'il a de nouveau accès à un monde dont il se croyait écarté pour toujours depuis sa triste aventure avec Mireille. Au vrai, il ne se soucie plus guère de sa tâche, il est également aveugle au décor qu'il traverse. Christine occupe seule son esprit et voilà que celle-ci – comme halée par la pensée de son amoureux – vient à ses devants. Tout de suite, quand elle le découvre, elle lui tourne le dos et hâte le pas pour qu'il ne la rejoigne point. Elle ne lui pardonne pas d'avoir ajouté foi aux forfanteries et aux mensonges de Paul Espinat et Antonin Marniac. Il appelle :

– Christine !... Christine !...

En réponse, elle presse l'allure. Il fait de même. Il n'ose pas courir par crainte d'observateurs, pour l'heure, invisibles.

– Christine ! Écoutez-moi !...

Elle a bien un peu envie de l'écouter, mais sa dignité... Elle reprend la direction de la poste et va lui échapper.

– Christine ! je t'aime !

Le tutoiement plus que l'aveu d'un amour deviné, la cloue sur place. Elle se retourne pour l'interroger :

– Qu'avez-vous dit ?

– Je t'aime et je te demande pardon pour avoir douté de toi.

Elle le regarde longuement.

– Vous êtes sincère ?

En réponse – il ne sut jamais exactement de quelle

façon la chose s'était produite – il la prend dans ses bras et l'embrasse longuement sur les lèvres. Quand elle se dégage, elle bafouille :

– C'est... c'est la première fois...

Aveu qui a, pour effet immédiat, de la renvoyer dans les bras de Geoffroy qui lui couvre le visage de baisers. Cette fois, c'est lui qui s'écarte pour demander :

– Et toi, mon amour, m'aimes-tu ?

– Si je t'aime ?

Elle se précipite sur sa poitrine et tous deux perdent la notion du temps.

2

Dans l'intérieur « citadin » du maire, Chamaroux a pris place dans un fauteuil style Restauration que les Escouailloux ont acheté trente-cinq ans plus tôt, quand ils se sont mariés. Au mur, plusieurs chromos dont l'Angelus de Millet et une peinture sur bois représentant la grotte de Lourdes où, agenouillée, Bernardette Soubirou écoute la Sainte Vierge. La maîtresse de maison, pour honorer son hôte, a sorti son beau service à café en porcelaine de Limoges hérité d'un oncle généreux. Le maire est allé chercher une bouteille d'Armagnac. Le café bu, l'alcool dégusté, Geoffroy s'enquiert :

– Vos recherches ont-elles été couronnées de succès, Monsieur le Maire ?

– Ça se pourrait...

– Je vous écoute.

– Eh bien ! voilà... J'avais entendu parler de la chose ; mais je n'ai pas voulu y faire allusion hier, car je tenais à avoir confirmation des événements en consultant nos archives et en interrogeant certaines personnes.

– Je brûle d'impatience.

– Pendant l'occupation, le maire était un Rocherousse. Il se prénommait Jules, l'oncle de celui qu'on a tué. C'est à cette époque que le père de Philibert, alors un des plus gros fermiers de Sauvenat, fut dénoncé aux Allemands comme ravitailleur du maquis. Prévenu à temps, Alphonse Prassinet put se sauver avec les siens, c'est-à-dire sa femme, son fils et sa bru. Pour se venger, les Fritz emmenèrent le cheptel et brûlèrent la ferme qui se trouvait là où il y a la menuiserie, aujourd'hui. Alphonse et son épouse, ruinés, moururent très vite de chagrin. Ils se sentaient trop vieux pour recommencer. Philibert, avec les sous qu'il toucha du gouvernement, s'établit menuisier, métier qu'il avait appris pendant la guerre, chez un de Saint-Bonnet-le-Froid.

– Qui était le dénonciateur ?

– C'est là tout le problème. D'abord, on a cru qu'il s'agissait du maire parce qu'un Allemand, prisonnier, a reconnu qu'ils avaient été prévenus par quelqu'un de la mairie. A la Libération, on a arrêté Jules Rocherousse. Heureusement, il a été jugé par de vrais juges qui ont reconnu et proclamé l'innocence de ce brave homme en faveur de qui presque tout Sauvenat avait tenu à témoigner. Alors, on a pensé à la secrétaire de mairie, une vieille fille – Mlle Montrodat – hargneuse et à qui on prêtait tous les mauvais sentiments parce qu'elle n'était pas avenante. Elle aussi fut blanchie.

– Finalement, est-ce qu'on a démasqué le salaud qui...

– Presque...

– Presque ?

– On n'a jamais rien pu prouver de façon formelle mais le neveu du maire – Léon – était sans cesse fourré dans le bureau de son oncle.

– Alors, ce serait le défunt Léon qui...

– Le pays entier en a été persuadé et aujourd'hui encore, on regrette de ne l'avoir pas arrêté. Cela explique le peu de réprobation qu'a suscité sa mort. Dans l'esprit de la plupart des gens, ça n'était que l'exécution d'un châtiment différé.

– Dans ce cas, ce pourrait être Philibert qui...

– Pourquoi pas ?

– Il aurait attendu trente-quatre ans !

– Chez nous, on a de la patience ! Et puis, peut-être l'occasion offerte par ce maboul d'Hippolyte.

***

Les confidences du maire ont déconcerté Chamaroux. Il répugne à admettre la culpabilité de ce vieux sage travaillant le bois, non seulement parce qu'il lui est sympathique mais aussi parce que Christine a de l'affection pour lui. Quoique mauvais policier, Geoffroy ne l'est pas au point de ne pouvoir se rendre compte que ses arguments sentimentaux ne sauraient peser d'un grand poids dans la recherche de la vérité.

Enfermé dans sa chambre pour tenter d'établir le bilan de ce qu'il sait et de ce qu'il ignore, force est à l'inspecteur de reconnaître que le plateau de la balance penche beaucoup plus du côté de l'ingorance que du savoir. En dépit de ses efforts, il ne parvient pas à se débarrasser de ses préjugés favorables à Philibert pour envisager sa culpabilité. Certes, le Matru – s'il nourrissait l'intime conviction que Léon était l'homme qui avait ruiné sa famille et fait mourir prématurément ses parents – ne pouvait être traité à la façon d'un vulgaire assassin bien que cette longue attente de plus de trente-quatre ans me jouât pas en sa faveur. Il était difficile de mieux prouver la préméditation.

Incapable d'échapper au dilemme qui se pose à lui : accepter ou refuser l'hypothèse d'un Philibert assassin, le policier s'efforce d'oublier ses préoccupations pour ne songer qu'à Christine qui doit, d'ici peu, le retrouver dans le bois du Sapillon, là où il l'a vue pour la première fois. Il y parvient facilement.

***

Il ne la croyait pas si jolie. Debout, dans le soleil, elle suggère l'image d'une petite divinité champêtre. Avant même qu'elle n'ait ouvert la bouche, il la serre contre lui et elle ronronne, heureuse. Assise au pied d'un arbre, se tenant par la taille, ils commencent à parler d'eux-mêmes puis, ils évoquent l'avenir qu'ils envisagent commun. Geoffroy répète son intention de quitter la police qui l'ennuie avant qu'on ne le flanque dehors.

— Alors, tu ne seras plus fonctionnaire ?

— Non.

— Tant mieux, mais il serait plus sage que tu ne l'annonces pas à papa.

— Pourquoi ?

Christine rappelle à son amoureux la dévotion particulière de son père envers la fonction publique.

En quittant Christine, Chamaroux se sent assez heureux pour tout comprendre et, le cas échéant, pardonner beaucoup de choses. En cette fin de soirée, il n'aurait pas fallu pousser le policier pour qu'il admît que ce Léon était un affreux et sa suppression, un acte de bienfaisance à l'égard de la commune. C'est dans ces heureuses dispositions d'esprit que l'inspecteur emprunte le chemin de la menuiserie de Prassinet.

Philibert mange sa soupe dans un grand bol fleuri acheté jadis lors d'un voyage à Clermont-Ferrand. Depuis son veuvage, le Matru se prépare chaque jour la même soupe : poireaux et pommes de terre.

— Bonsoir, ami...

Le menuisiser regarde son visiteur par-dessus son écuelle, repose son bol, s'essuie la bouche avec son mouchoir à carreaux.

— Bonsoir, Monsieur l'Inspecteur... Vous ne venez pas m'arrêter ?

– Qui sait ? Cela dépendra de vos réponses à mes questions.

– A quel propos ?

– A propos de la dénonciation de votre père et de sa ruine, il y a trente ans.

– Ah ! on vous a raconté ? Un vilain moment... J'aime pas tellement y penser.

Chamaroux attrape un tabouret et s'assied en face de son hôte obligé.

– Vous estimez que c'était bien Rocherousse, le dénonciateur ?

– Oui.

– Quand en avez-vous été certain ?

– Sitôt que j'ai été de retour à Sauvenat.

– Pourquoi ne vous êtes-vous pas vengé, alors ?

– A cause d'Hermance, ma femme... Nous nous aimions... Tuer cette canaille de Léon m'aurait obligatoirement séparé d'elle pour quelques années. Une idée que je pouvais pas admettre...

– Vous n'avez pas réagi ?

– Je me suis contenté de lui flanquer une râclée qui lui a fait garder le lit pendant quinze jours.

– Il n'a pas porté plainte ?

– Il a pas osé, ça pouvait le mener trop loin.

– Et quand votre femme est morte ?

– J'avais plus de goût à rien... Devant le malheur qui me tombait dessus, ces histoires du passé que tout le monde avait oubliées... à quoi bon ? Léon était devenu un vieil homme qu'on détestait, qu'on méprisait. Une fin de vie difficile. C'était son vrai châtiment.

– Donc, vous n'avez pas tué Rocherousse ?
– Non.
– Tant mieux !
– Parce que ?
– Parce que vous m'êtes symathique et que Christine vous aime bien.
– Et que vous, vous aimez Christine ?
– Oui.
– C'est du sérieux ?
– Oui.
– Alors, je suis content pour vous deux.
– Merci, seulement je n'avance pas dans la solution de mon problème : trouver l'assassin.

Philibert allume sa pipe sans répondre. Chamaroux avoue :

– Je ne sais plus de quel côté chercher... Est-il exact que ce Léon a été un coq de village ?
– Oui.
– Est-ce qu'on peut penser qu'un mari trompé ?...
– C'est pas bien dans nos habitudes.
– Pourriez-vous me nommer celles qui furent les maîtresses de Rocherousse ?
– Non... je me suis jamais soucié de ces racontars.
– Qui, d'après vous, peut être au courant ?
– La Corniaude.
– Eh bien ! je monte l'interroger. Bonsoir !
– Bonsoir, mais à mon avis, vous prenez, de nouveau, un mauvais chemin.

***

La Corniaude, se préparant à se coucher, a déjà ôté son corsage quand on frappe à la porte. Pas trop rassurée, elle demande :

– Qui c'est ?

– Police !

– Ah ! bon... un petit moment, s'il vous plaît...

Elle passe en hâte une sorte de caraco et ouvre. En reconnaissant Chamaroux, elle a un mouvement de recul :

– Je... je pensais que... que c'était les... les gendarmes...

– Vous auriez préféré ?

– Ils sont deux.

– Et alors ?

– C'est pas compromettant.

Geoffroy met une minute à réaliser ce que sous-entend cette affirmation mais il n'a pas envie de rire car c'est pitoyable. Cette malheureuse quinquagénaire n'ayant que la peau sur les os, à qui il manque plusieurs dents de devant, au cheveu terne, se figure que son physique peut encore éveiller les désirs ! A pleurer...

– N'ayez aucune crainte, madame Rocherousse, je passe seulement. Je souhaite vous poser deux questions. La première : y avait-il quelqu'un qui aurait été heureux de voir disparaître votre mari ?

– Tout le monde et personne.

– La seconde : êtes-vous sûre que votre Léon n'a pas été l'amant d'Hermance Prassinet ?

— Sûre et certaine ! Il a tourné autour un temps, c'est vrai, mais l'Hermance est venue me trouver un jour et elle m'a prévenue : si ton homme continue ses manigances, j'en touche deux mots à Philibert et y aura du vilain !

— Vous avez transmis l'avertissement ?

— Et comment ! Mais Léon s'en foutait car il était après une autre qu'était moins vertueuse que l'Hermance.

— Qu'est-ce qui vous a conduite à le croire ?

— Conduite ? Sainte Mère de Dieu ! Je les ai surpris tous les deux dans la grange. J'ai tellement eu honte que je suis repartie sur la pointe des pieds, j'ai couru prévenir Belleguette.

— Alors ?

— Il est devenu tout rouge puis tout pâle. Il a pris son fouet de charretier et il a filé rejoindre les deux dégoûtants ! Quand il a poussé la porte de la grange, les autres ont pas eu le temps de se relever et de se rembrailler que le fouet les cinglait de partout. Ils avaient beau sauter sur place en poussant des cris, le Belleguette les lâchait pas. La première, la Suzanne a tourné de l'œil. Le sang lui coulait du dos et des bras. Quand mon mari est tombé à son tour, il ressemblait plus à rien. Belleguette s'est penché vers lui pour l'avertir :

— La prochaine fois, je prendrai le fusil.

Nautrellement, on les a transportés à l'hôpital. Après, ça a été les gendarmes. Pour les juges, le passé de Suzanne a pesé lourd et la plupart des gens de Sauvenat ont plaidé pour Belleguette qui s'en est tiré avec quelques jours de prison. On a tous été contents.

– Tous... Vous aussi ?

– Moi aussi.

– Pourquoi ?

Elle a une sorte de gloussement rauque.

– Pourquoi ? Regardez !

Elle montre sa bouche édentée, ses cicatrices sur les bras.

– C'est à lui que je dois tout ça et si je pouvais vous montrer mon corps...

– Dans ce cas, pour quelles raisons avez-vous dénoncé Marniac ?

La Corniaude regarde son visiteur.

– Mais, parce que le Léon était mon mari.

***

Le café est plein lorsque Chamaroux y pénètre. Maintenant, on est habitué à sa présence qui n'interrompt plus les conversations. Geoffroy attire Fanfare à l'écart.

– Je dois parler à Belleguette mais je ne voudrais pas que les autres nous entendent. Je monte dans ma chambre. Qu'il m'y rejoigne.

– Comptez sur moi.

Le policier n'était pas chez lui depuis cinq minutes qu'un pas lourd fait résonner l'escalier et presque tout de suite, le mari de Suzanne entre.

– Paraît que vous voulez me causer ?

– Oui. Asseyez-vous sur cette chaise, moi je me mets sur le lit.

Quand ils furent installés, Belleguette s'enquiert :

– C'est à quel sujet ?

– Rocherousse.

– Encore !

– Eh oui ! jusqu'à ce que j'ai découvert l'assassin.

– En quoi ça me regarde ?

– Vous ne m'avez pas parlé de la scène au cours de laquelle vous avez à moitié tué Rocherousse et votre femme.

– La Corniaude vous a raconté ? Pas génial de ma part ! Des choses dont j'aime pas me souvenir. Le passé, faut le laisser dormir.

– Pas s'il conditionne le présent.

– Je comprends pas bien...

– Avez-vous tué Rocherousse ?

– Moi ? Dieu du Ciel pourquoi que j'aurais assassiné ce vieux brigand ?

– Justement à cause de l'affaire de la grange.

Belleguette a un petit rire triste.

– Vous avez beaucoup d'imagination... Lorsque je suis revenu de la prison, j'ai dit à Suzanne : si jamais tu recommences avec n'importe qui, je me fous qu'on me coupe la tête ou qu'on m'enferme pour le reste de mes jours, mais je vous tuerai tous les deux.

– Comment a-t-elle réagi ?

– En m'avouant que Léon l'avait eue par surprise, qu'elle était pas assez déshabituée de son ancien métier pour attacher beaucoup d'importance à ces choses-là. Elle m'a assuré qu'elle avait compris et que si je devais la jeter dehors, elle préférait le coup de fusil.

– Alors ?

– J'ai pardonné parce que je tenais à elle en ce temps-là comme j'y tiens aujourd'hui. J'ai plus jamais eu un reproche à lui adresser. Une bonne femme.

– Et Rocherousse ?

– De cette heure où j'y ai mis une râclée, on s'est jamais plus adressé la parole.

– Je vous crois et j'en suis content.

– Vous avez de la chance !

– Ce qui signifie ?

– Qu'à cause de vous, cette sale histoire à laquelle je pensais plus, vous m'avez obligé à la revivre et c'est pas agréable. Tout à l'heure, en rentrant à la maison, je regarderai la Suzanne avec mes yeux d'avant, ceux que j'avais à cette époque. Je serai malheureux et elle sera malheureuse parce que je pourrai pas m'empêcher de lui en causer.

Chamaroux ne sait que répondre. Y a-t-il seulement quelque chose à répondre ?

Belleguette se lève lourdement.

– Je m'en vais ?

– Naturellement.

Ayant ouvert la porte, le mari de Suzanne se retourne pour dire d'une voix épaisse :

– C'est pas joli ce que vous avez fait, monsieur...

Il secoue sa grosse tête et répète :

– Non, pas joli.

Il semble au policier que le pas de son visiteur dans l'escalier est encore plus lourd que lorsqu'il l'a monté et il a honte.

***

Après avoir dîné, Geoffroy est trop dégoûté de lui-même pour trouver un plaisir quelconque à se mêler aux retardataires qui ne se décident pas à rentrer chez eux. Il sort dans la nuit tiède, lumineuse grâce à un ciel rempli d'étoiles. Le policier aspire à se baigner dans le souffle nocturne chargé de toutes les senteurs des champs et des bois, afin de se laver et de se purifier. Il marche droit devant lui sans se soucier de l'endroit où le hasard le pousse. Parvenu à un détour, il aperçoit, au loin, une lumière qu'il sait être celle des Belleguette. Il les imagine, en face l'un de l'autre, évoquant, à cause de lui, les vilaines images d'autrefois. N'importe lequel de ses collègues, pour si humain qu'il se veuille, dirait à Geoffroy :

– Qu'est-ce qu'on y peut ? Notre travail n'est pas celui d'une sœur de charité ! Nous n'avançons pas sans cogner moralement, à droite à gauche... alors, mieux vaut ne pas y penser.

L'ennui, pour Chamaroux, c'est qu'il ne parvient pas à ne plus y penser. Cet incident est la goutte d'eau qui fait déborder le vase. Dès son retour à Lyon, il déposera sa démission sur le bureau du commissaire et retrouvera sa liberté.

Perdu dans ses débats intérieurs, Chamaroux se retrouve derrière la poste, sans être capable de savoir par où il y est arrivé. Une seule fenêtre est éclairée et il se persuade que l'ombre qu'il distingue à travers les rideaux est celle de Christine. Une vague de tendresse le submerge et sans bien réfléchir, il expédie des petits cailloux dans les vitres de la fenêtre. Il faut un moment avant qu'on ne se décide à ouvrir. La jeune fille se penche et Geoffroy chuchote :

– Chérie ?

– C'est toi ?

– Oui... je dois te parler...

– C'est grave ?

– Oui... très !

– Je vais tenter de te rejoindre. Attends-moi dans le bois.

Elle referme la fenêtre et le policier grimpe vers les arbres. Moins de dix minutes plus tard, Christine est là. En la prenant dans ses bras, il se rend compte qu'elle a simplement enfilé une robe de chambre sur sa chemise de nuit et le sang commence à lui battre les tempes.

– Qu'y a-t-il ?

Il la serre contre lui et la tiédeur de son corps lui assèche quelque peu la gorge. Il conte par le menu les bévues commises envers le pauvre Belleguette et le chagrin qu'il en a.

– Tu comprends pourquoi je souhaite quitter ce métier ?

– Oui et je t'approuve.

– Si tu savais comme je suis heureux que tu sois d'accord !

Pour lui montrer à quel point elle est sincère, elle l'embrasse. Il ne peut pas ne pas lui rendre ce baiser. Il le lui rend donc avec usure. Ni l'un ni l'autre ne voulant céder, le tendre échange se poursuit longtemps. Le malheur veut qu'au cours d'une de ces multiples étreintes, la main de Geoffroy effleure un sein de Christine qui gémit. Alors...

Alors, tous les petits dieux païens qui peuplent la campagne et gambadent la nuit, entrent en action, faisant perdre la tête à ces jeunes gens qui s'aiment si bien que... Mlle Falaitouze – une jeune fille si bien élevée – passe sa nuit de noces sous les branches des pins montagnards et sur un lit de myrtilles, ce qui n'est pas le plus agréable de l'histoire.

3

Chamaroux, le lendemain matin, se sent plein d'une telle joie de vivre qu'il embrasse Fanfare sur les deux joues. Elle en reste saisie.

– C'est-y que vous auriez réussi ?

– J'ai bien des raisons de le croire, madame Berthe.

– Qui est-ce ?

– Ah ! ça, je ne peux pas vous donner encore son nom.

– Je comprends... Je le connais ?

– Le ?... évidemment que vous la connaissez.

– Seigneur Jésus ! Il s'agit d'une femme ?

– Cela semble vous surprendre ?

– Dame ! C'est quand même pas courant...

– Par exemple !

– A mon âge, j'ai encore jamais connu de femme-assassin !

– Mais qui vous parle d'assassin ?

– Vous me causez donc pas de celle qu'a supprimé le Léon Rocherousse ?

– Pas du tout ! Celui-là ou celle-là, je n'y pense guère pour l'instant !

– J'y suis plus du tout ! de qui vous parlez donc ?

– De celle que j'aime, madame Berthe !

L'inspecteur sort, laissant Fanfare sur sa faim.

⁂

La famille Falaitouze – par extraordinaire, au complet – prend son petit déjeuner. Le facteur-receveur, ayant revêtu son uniforme, sa casquette posée sur une chaise voisine, mange avec l'application qu'il met à toute chose. Sa femme s'inquiète du visage fatigué de sa fille. En dépit de son âge, Christine continue d'être pour elle le bébé qui a été sa seule raison de vivre.

– Tu n'es pas malade, mon belet ?

– Mais non, maman.

– Il n'y a rien qui te tracasse ?

– Je t'assure...

– Bon, bon, n'en parlons plus, je vais te préparer une tartine.

Alors que l'héritière des Falaitouze porte le pain à sa bouche, on sonne avec force. Le réflexe immédiat de Frédéric est de regarder sa montre.

– Huit heures cinquante minutes ! Il y en a qui en

prennent vraiment à leur aise avec le règlement ! Eh bien ! cet impatient attendra qu'il soit neuf heures !

Madeleine proteste :

– Et si c'est une urgence ?

– Ah ! toi, tu as toujours de ces idées ! Va voir qui c'est, Christine.

La jeune fille quitte la pièce et ne revient pas.

– Mais, qu'est-ce qu'elle fiche, Bon Dieu !

Christine réapparaît, ramenant Geoffroy avec elle.

– C'est Monsieur l'Inspecteur, papa...

– Je... en effet... Tu n'aurais pas dû l'introduire dans la cuisine, Christine.

– Aucune importance, monsieur Falaitouze.

Madeleine, que le moindre changement dans sa fille, inquiète, s'étonne :

– Comment se fait-il que tu sois décoiffée, mon petit, et ton corsage est tiré sur le côté. Cela ne te ressemble pas d'avoir une tenue aussi négligée.

Rouge jusqu'aux oreilles, Christine chuchote :

– C'est-à-dire... Je voulais... Enfin, il faudrait...

Chamaroux lève une main apaisante :

– Je vais vous expliquer, madame.

– Vous ?

– Moi.

Falaitouze intervient :

– De quoi est-il question ?

– De la tenue négligée de notre fille.

– En quoi cela regarde-t-il Monsieur l'Inspecteur ?

– Je ne sais pas.

Geoffroy reprend la direction du débat.

– Christine est un peu chiffonnée car je l'ai furieusement embrassée, ou plutôt, nous nous sommes furieusement embrassés dans le bureau de poste.

La mère crie :

– Quoi ?

Le facteur-receveur ressemble, dans son indignation, à un prince de l'Église à qui on serait venu annoncer que des Barbares profanaient Saint-Pierre de Rome. Sous l'empire de l'émotion, il perd sa voix et flûte :

– Dans le bureau de poste !

Mme Falaitouze proteste :

– Le lieu ne fait rien à l'affaire !

Son mari rectifie :

– Voyons, Madeleine, est-ce que tu réalises ? dans un local administratif !

– Idiot !

– Hein ?

– Idiot ! Un monsieur que tu ne connais pas, que nous ne connaissons pas, débarque chez nous à neuf heures du matin, se jette brutalement sur notre enfant et tout ce que tu trouves à redire, c'est que cet attentat a eu lieu dans le bureau de poste !

– Écoute, maman, le plus simple...

– Le plus simple serait que ce monsieur nous confie pourquoi il t'a embrassée avec une frénésie dont tu portes encore les traces et pour quelles raisons tu ne nous as pas appelés au secours ?

Chamaroux, souriant, explique :

– Pour une raison toute simple, madame et la plus jolie du monde : nous nous aimons.

– Quoi ?

– N'auriez-vous pas compris ? Je répète donc : j'aime Christine et elle m'aime.

– Ce n'est pas vrai !

– Tiens donc !

– Jamais une fille ne serait tombée amoureuse sans m'en parler !

– Eh bien, voilà qui est fait ! Permettez ?

Geoffroy embrasse sur les deux joues, une Madeleine sidérée.

– Je vous aime déjà presqu'autant qu'elle puisque vous êtes l'auteur de cette merveille !

L'inspecteur prend le facteur-receveur dans ses bras et l'étreint.

– Soyez remercié, vous aussi !

– De quoi ?

– D'être son père !

Frédéric se dégage :

– Enfin, Monsieur, que signifie cette pantalonnade ?

– Simplement que j'ai l'honneur de vous prier de m'accorder la main de Christine.

– La main de... Tu entends, Madeleine ?

– J'ai l'impression de vivre un cauchemar !

– Remettez-vous, madame... Ce que vous exprimez là n'est pas gentil pour nous.

– Enfin, monsieur, quelle garantie avons-nous que vous aimez vraiment Christine ?

– Mais, ma démarche d'abord, ensuite la confiance de votre fille.

– Comment, tu approuves monsieur, Christine ?

– Oui, maman.

– C'est effrayant... Enfin, Frédéric, bouge-toi ! réagis !

– N'oublie pas, Madeleine, que monsieur est fonctionnaire !

– Et alors ? C'est quand même un voleur d'enfants !

Chamaroux proteste :

– Ce n'est pas un vol puisque je vous la demande !

– Dans ce cas, je vous la refuse !

– Pourquoi ?

– Ça ne vous regarde pas !

Christine gémit :

– Maman, tu n'as pas le droit de...

– Toi, tais-toi ! ou tu vas recevoir une paire de gifles !

Le facteur-receveur se porte au secours de son enfant.

– Monsieur, pardonnez la vivacité de ma femme... Il faut la comprendre... Votre initiative est, pour nous, tellement inattendue... Il est vrai que vous êtes fonctionnaire... Christine est encore très jeune... Alors, si vous êtes d'accord et si vous voulez toujours d'elle, nous reparlerons de vos projets dans six mois...

– Impossible !

– Impossible ! Pourquoi ?

– J'aimerais autant que vous compreniez sans qu'il soit besoin de vous fournir des explications...

Madeleine pousse un gémissement lugubre et se laisse tomber sur une chaise. Son mari se précipite.

– Qu'as-tu ?

– Ne comprends-tu pas qu'elle est sa maîtresse ?

– Sa... Christine... une enfant élevée au sein de l'Administration !

Le facteur-receveur va, à son tour, retomber sur son siège quand le clocher de l'église de Sauvenat fait entendre neuf coups. Falaitouze se redresse, se coiffe de sa casquette et déclare :

– Le bureau ouvre à neuf heures. Ce n'est pas parce que ma fille m'a déshonoré que je bafouerai le règlement.

Et il quitte la cuisine.

***

Vers onze heures trente, Geoffroy Chamaroux a fini par convaincre Madeleine Falaitouze et quitte la poste en qualité de fiancé. En traversant le bureau où le facteur-receveur vient de rentrer, il lance un « A bientôt, beau-père ! » qui paraît changer Falaitouze en statue de sel.

Au café, un monsieur – venu vraisemblablement de Saint-Étienne – pérore. Le policier referme la porte avec précaution pour ne point troubler l'orateur. Ce dernier explique qu'il a traité avec Madame Rocherousse, – qui lui a déjà vendu les Billaudes – l'achat de tout ce qu'il reste du domaine. La société qu'il représente, se propose de bâtir une usine « propre » où l'on fabriquera des pièces détachées pour l'industrie électronique. On n'engagera personne de l'extérieur tant que les habitants de Sauvenat n'auront pas décidé – aussi bien les hommes que les femmes – de n'y pas travailler. Le maire se charge d'en parler avec ses administrés. On applaudit et, pour assurer sa popularité, l'étranger offre une tournée générale. Quand, après avoir serré bien des mains, il abandonne la place pour regagner son auto, l'inspecteur le suit. Il le rattrape au moment où il s'apprête à monter dans la voiture.

– Monsieur, pourrais-je vous dire un mot ?

– A quel propos ?

– L'achat du domaine Rocherousse.

– A quel titre vous y intéressez-vous ?

– Au titre d'inspecteur du S.R.P.J.

– Ah ?... bon, eh bien, montez !... Nous allons bavarder en dehors du village.

***

En approchant de la menuiserie, vers le milieu de l'après-midi Chamaroux reconnaît le rire de Christine. Il presse l'allure et son arrivée ne paraît pas atténuer la gaieté régnant dans l'atelier. Christine lui saute au cou.

– Tu as deviné que j'étais là ?

– Non... Comment se fait-il que je te trouve ici ?

– Parce que Philibert est mon seul ami à Sauvenat. J'ai tenu à ce qu'il soit le premier informé.

– Tes parents ?

– Ils ne parlent pas. Ils sont traumatisés. Bah ! ils s'en remettront ! L'instituteur est passé à côté de moi sans daigner me regarder et Julie Marniac explique à qui veut l'entendre que c'est elle qui n'a pas voulu de moi pour bru. Mais tout cela n'a pas d'importance puisque je t'aime et que tu m'aimes.

— Tu as raison, ma chérie... aucune importance.

— Maintenant, je dois me sauver, sinon Dieu sait ce que maman imaginerait !

Lorsque la petite a disparu, Philibert remarque :

— Vous, on peut dire que vous êtes un rapide...

— Le coup de foudre... Je ne croyais pas que cela existait.

— On ne croit jamais à l'expérience des anciens. N'empêche que ça a été vite !

— Un peu vite, hein ?

Le Matru hausse les épaules.

— Dans ces histoires-là, vaut mieux pas trop réfléchir et faire confiance à Dieu. Et votre assassin ?

— Il court toujours. Cependant...

— Oui ?

Chamaroux rapporte la conversation qu'il a eue avec le représentant de la firme ayant acheté les Billaudes et qui a mis la main sur le domaine Rocherousse en entier. Le policier s'étant inquiété de savoir de quelle façon les acheteurs étaient entrés en relations avec le défunt, il lui fut répondu que Sébastien avait mené l'affaire.

— Autrement dit, la Germaine... Dans quel but ?

— Une commission de 5 %. Mais il y a un os ! Malgré les pressions et les démarches, Léon refusait de vendre. « Faudra attendre ma mort » assurait-il « et je veux mourir chez moi ». Son trépas inattendu a été un coup de chance.

— ... pour l'acheteur...

— ... et pour Sébastien. Les Mazoires ne sont pas riches.

– Vous pensez que Sans-Peur, pour toucher la prime, aurait pu descendre Rocherousse ?

– Pas lui, mais sa femme...

– Possible. Quand la Germaine a quelque chose dans la tête... mais, tout de même, pour si garce qu'elle soit, je la vois pas tuer un homme pour des sous. Enfin, qui peut jamais dire ?

– En tout cas, moi, je me propose de le lui demander.

– Alors, bonne chance ! ça ne sera pas du gâteau !

⁂

Il serait exagéré de prétendre que le policier est bien accueilli chez les Mazoires. Sans-Peur joue les maussades et se cantonne dans un silence prudent. Germaine n'écoute jamais la voix de la prudence quand elle en a après quelqu'un et, à cause de Christine, de l'instituteur, d'Hippolyte, elle en veut à Geoffroy. Elle le reçoit en ricanant :

– Vous, Monsieur l'Inspecteur ? Y a pourtant pas de fille à chercher ici !

– Aussi, n'est-ce pas ce que je cherche.

– Quoi donc, alors ?

– Un assassin.

– Et vous venez le chercher chez nous ?

– Pourquoi pas ?

Sans-Peur lâche le verre qu'il est en train de boire et qui se brise sur le sol. Les trois protagonistes de ce petit drame restent un moment sans parler, puis Geoffroy demande doucement :

— Madame Mazoires... de quoi votre mari et vous, avez-vous peur ?

— Mais... de rien ! et d'abord, de quoi qu'on pourrait avoir peur ?

— De ce que la mort de Léon Rocherousse vous a rapporté pas mal d'argent.

— J'en étais sûre !

— Sûre de quoi ?

— Qu'on nous en voudrait pour cet argent ! Les jaloux, ils hésitent pas à vous salir !

— Léon refusait de vendre...

— Une vraie tête de lard !... Mais vends donc ! j'y disais. Qu'est-ce que t'en as à foutre des Billaudes qu'elles te rapportent pas un sou ? « Je m'en fiche — qu'il me répondait — c'est ma terre ! »

— Quand il a été tué, sa femme, elle vous a écoutée ?

— Dame ! Mettez-vous à la place de c'te malheureuse... Des années qu'elle mangeait pas à sa faim !

— Et comment avez-vous eu l'idée de parler des Billaudes aux gens de l'usine ?

— C'est pas moi... Dis-lui, Sébastien !

Le bonhomme s'essuie longuement les lèvres avec son mouchoir à carreaux jaunes et bleus, d'une propreté douteuse, avant de déclarer :

— J'étais allé chez Célestin Bachelot, là-bas, à Ventourne, pour lui annoncer que le maire avait reçu ses papiers de la Préfecture. Je revenais quand, sur la grand-route, voilà une auto qui s'arrête. Un homme bien habillé en descend et me demande :

« – Vous connaissez Sauvenat-le-Tranquille ?

– Personne le connaît mieux que moi vu que je suis le garde !

– Voilà, on cherche un terrain comme-ci, comme-ça. Si vous trouvez quelque chose qui nous convient et qu'on fasse affaire, il y aura 5 % du montant du prix de vente à mettre dans votre poche. » J'ai immédiatement pensé aux Billaudes et voilà la façon dont ça s'est passé et pas d'une autre.

La Germaine reprend la parole.

– Seulement, cet enragé de Léon, il a rien voulu savoir !

– Et vous l'avez tué, sachant que sa veuve vendrait.

– Mais, Bon Dieu ! on n'est pas des assassins ! Le Sébastien, il a tellement la tremblote dans les mains qu'il peut tout juste tenir un verre ! Alors, vous pensez, un fusil !

– Ce n'est pas à lui mais à vous que je songeais.

– A moi ? c'est de la folie !

– On m'a assuré que vous étiez un des meilleurs fusils de la commune.

– Oui... il y a près de quarante ans et celui qu'a descendu le Léon, depuis le Sapillon, c'est pas un manchot... et pas un vieux !

– Pourtant, vous avez accusé Marniac ?

– Pour lui rabattre le caquet !

Sans doute – jugea Chamaroux – est-ce stupidement vrai.

***

Geoffroy passe une partie de la soirée avec les Falaitouze. On l'interroge sur son avenir dans la police, sur son traitement, sur sa future retraite et sa fortune personnelle. Ses réponses plaisent aux parents qui, petit à petit, commencent à se persuader que les faiblesses de leur fille assureront sans doute son bonheur. Finalement, on se sépare enchantés les uns des autres et Christine reçoit la permission d'accompagner un peu celui que les Falaitouze considèrent, désormais, comme son fiancé.

Dans l'obscurité, ils se tiennent par la main, heureux, sans éprouver le besoin de parler. Puis, Geoffroy annonce :

– Je rentre demain à Lyon.

– Oh ! non...

– Si ! je veux sortir de ce milieu... Ne plus me soucier du meurtrier de Léon... Après, je reviendrai pour préparer notre mariage. Je ne peux pas attendre plus longtemps.

– Chéri... moi, non plus. On invitera Philibert.

– Tu tiens à me rendre jaloux ?

– Gros bêta !

Ils vivent ainsi, une heure hors du monde, persuadés – bien sûr – que leur existence ne ressemblera en rien à celle des autres. Ils sont convaincus de pouvoir réinventer le bonheur, pour leur seul usage.

⁂

Geoffroy, trop énervé pour espérer dormir, s'en va voir si Philibert n'est pas encore couché. Selon son habitude, le Matru, dans les beaux soirs d'été, renonce à sa visite vespérale à Fanfare pour savourer la douceur du moment, en fumant sa pipe, devant sa porte.

– Bonsoir, Philibert.

– Bonsoir, Inspecteur. Au ton de votre voix, je devine que vous êtes heureux ?

– Je le suis.

Ravi de pouvoir parler de son amour à quelqu'un qui le comprend, Chamaroux conte par le menu sa tendre aventure avec Christine, sa bataille avec les parents et, enfin, sa victoire.

– Je suis content pour vous, Inspecteur. Vous avez fait un bon choix.

– J'en suis sûr !

– Et votre visite aux Mazoires ?

– Chou blanc...

– Ça m'étonne pas...

– Le mari est incapable de faire quoi que ce soit qui le sortirait de sa routine quotidienne. Quant à elle, elle est essentiellement forte en gueule. Agir est un autre problème que je les crois incapables de résoudre.

– C'est aussi mon avis. Je connais les Mazoires depuis longtemps. Lui, c'est une larve. Son horizon se borne à ses chopines journalières. Elle, elle ne se pardonne pas un mariage imbécile et elle en veut à tout le monde de ses propres erreurs. Je sais pas si, au fond, on n'est pas tous comme ça... Vous boirez bien un petit verre de marc ? Un cousin m'en envoie une bouteille chaque année. Il vient des pays du Rhône, les bons pays, quoi !

Ils trinquent et boivent. Pendant une minute, l'odeur puissante de l'alcool surmonte, pour chacun d'eux, les parfums de la nuit.

– Philibert, je suis décidé : je quitte la police.

– Ah ?...

– Ce qui m'embête, c'est de partir sur un échec.

– Un autre aurait pas mieux réussi.

– Vous le pensez vraiment ?

– Oui... On retrouvera pas l'assassin parce que, ou bien c'est un homme de Sauvenat qu'il viendrait à l'idée de personne de soupçonner, ou alors il s'agit d'un type d'ailleurs et pour le trouver...

– Alors, un crime impuni ?

Pas le premier, ni le dernier.

⁂

Le commissaire, ironique, écoute les explications de Chamaroux. Lorsque celui-ci achève son compte-rendu oral, son chef remarque :

– En somme, vous avez échoué sur toute la ligne ?

– Sur toute la ligne.

– Eh bien ! il ne vous reste plus qu'à mettre par écrit la preuve de votre incapacité. Une sorte d'autocritique.

Un acte qui vous sera utile et apaisera peut-être, votre vanité.

– Je n'en doute pas, monsieur l'Inspecteur et en raison même des vertus de cette cure, je ne saurais trop vous la conseiller pour votre propre usage.

– Chamaroux ! Comment osez-vous...

– Comme vous osez, Monsieur le Commissaire.

– Parfait ! Puisque vous le prenez sur ce ton, je vous rappelle qu'en partant pour votre mission, vous m'aviez assuré que vous réussiriez ou que...

– ... je vous remettrais ma démission.

Geoffroy pose une enveloppe sur le bureau de son supérieur.

– La voilà, Monsieur le Commissaire.

⁂

A Sauvenat-le-Tranquille, la vie a repris son cours paisible. Avant même la fin de l'année, nul ne se soucie plus de Léon et le chef Marcenat a avoué au Maire que l'affaire est pratiquement classée. A la Noël, Paul Espinat est nommé à Saint-Genest-Malifaux. Pour les Rois, on apprend qu'Antonin Marniac s'est fiancé à Félicie Ranet de Saint-Bonnet-le-Froid, une fille forte comme un homme, avec des appâts massifs et dont la seule vue enchante la Julie qui devine, dans sa future belle-fille, une reproductrice de qualité. La cirrhose qui travaille le foie d'Antoine Ségonzat depuis tant d'années, finit par avoir raison de sa résistance. On l'enterre à l'époque du Mardi-Gras et ses obsèques sont l'occasion d'une fameuse beuverie. Au début du printemps, M. l'Abbé Rascoupet a la joie d'unir par les liens sacrés du mariage, Geoffroy Chamaroux, négociant et Christine Falaitouze, sans profession. Philibert Prassinet et Berthe Ségonzat – dite Fanfare – sont les témoins des mariés. Enfin, au début de mai, les premiers ouvriers chargés de creuser les fondations de la future usine des Billaudes, font leur apparition. Une vie nouvelle commence pour Sauvenat-le-Tranquille qui ne méritera plus longtemps cette réconfortante épithète et Rosalie Rocherousse – la Corniaude – doit quitter sa maison, livrée aux démolisseurs. Sauvenat, sans en prendre clairement conscience, s'apprête à changer de visage. Les affaires de Fanfare marchent de mieux en mieux mais certains – dont Philibert – ne viennent plus que le dimanche pour ne pas se trouver mêlé aux étrangers. Bientôt, quand les plus âgés se rencontreront, ils fixeront la date de leurs souvenirs selon qu'ils relèveront du temps d'avant ou d'après l'usine, ce dernier ayant commencé au jour du premier coup de pioche aux Billaudes. Peu à peu, le « temps d'avant l'usine » prendra sa place à la suite de l' « avant 14 », l' « entre-deux guerres », l' « après la Libération », chronologie acceptée par toutes les mémoires de Sauvenat.

L'Antonin Marniac s'est marié. Philibert a piqué au mur avec des punaises, les cartes que, lors de leur voyage de noces, Geoffroy et Christine lui ont envoyées des Canaries. Le Matru ne travaille plus beaucoup. Il s'estime trop vieux pour manier encore la varlope et le rabot. Il se livre à quelques menues tâches juste pour avoir des gens à qui causer. Toutefois, il en éprouve de moins en moins le besoin. Jour après jour, il s'enfonce dans le passé et s'en trouve bien. Ceux qui se risquent près de sa bicoque et l'entendent parler seul, déclarent que ce pauvre Philibert perd les pédales. Ils ne peuvent deviner que le Matru bavarde avec son Hermance à qui il explique combien elle lui manque et à quel point le temps lui dure de la rejoindre.

Un matin, on apprend que la Corniaude a commandé un taxi qui l'emmènera à Saint-Étienne où elle a déniché un deux-pièces cuisine, dans le quartier de Raspail. On savait qu'elle allait partir puisqu'elle ne possédait plus de maison et qu'elle avait vendu les meubles qu'elle ne pouvait emporter, mais d'être mis soudain en présence de la réalité de ce départ en démoralise plus d'un. Avec la Corniaude, prennent le large le fantôme de Léon et le crime impuni qui sont entrés dans le folklore de Sauvenat.

Rosalie Rocherousse n'a presque pas dormi durant sa dernière nuit aux Billaudes. A neuf heures du matin, sa toilette faite, son bagage bouclé, elle entreprend – le taxi ne venant la chercher qu'à trois heures – sa tournée d'adieux. Elle s'en va saluer ceux et celles qui, en dépit de Léon, lui ont témoigné sinon de l'affection, du moins de la sympathie. A midi, elle déjeune en compagnie de Fanfare. Les deux femmes s'entendent mieux qu'elles ne s'étaient jamais entendues. Les deux veuves ne cachent pas leur satisfaction d'avoir recouvré une liberté si longtemps mesurée.

Après le repas, Rosalie décide de dire au revoir à Philibert qui s'est toujours montré bon pour elle. Elle le trouve en train de manger sa soupe de poireaux-pommes de terre, la seule qu'il sache se préparer. Après, ce sera un bout de saucisson ou un morceau de lard. Une chopine de rouge fera glisser le tout.

– Alors, te voilà sur le départ, Rosalie ?

– Oui... et j'ai pas voulu quitter le pays sans t'embrasser.

– Eh ben ! t'as pas peur ! avec tous mes poils... T'auras l'impression de faire la bise à un blaireau !

Il s'embrassent et le Matru remarque :

– T'auras peut-être l'occasion d'embrasser des plus jolies figures que la mienne, en ville ?

– T'as toujours été gentil avec moi... et j'en avais bien besoin.

– Je m'en doute. Qu'est-ce que tu vas fabriquer là-bas ?

Elle hausse les épaules.

– Je verrai... Pour commencer, je m'offrirai un peu de bon temps... et toi ?

– Quoi, moi ?

– T'es plus jeune, Philibert... Tu devrais te rendre en ville, toi aussi.

– Je peux pas quitter Sauvenat.

– Pourquoi ?

– Hermance...

– Qu'est-ce qui t'empêcherait de monter la voir ? Il secoue la tête.

– Non. Il me semble que si je partais, elle aurait

encore plus froid dans son trou, là-bas, au cimetière.

– Bon, comme tu voudras... En tout cas, je te donnerai mon adresse et si un jour, t'as envie de descendre... tu seras pas à la rue.

– Merci. Bonne chance !

– Et pour toi aussi !

La Corniaude, ayant ouvert la porte, s'apprête à franchir le seuil, lorsque le Matru la rappelle.

– Rosalie ?

Elle se retourne.

– Oui ?

– Pourquoi que t'as tué le Léon ?

Elle referme doucement la porte.

– Tu savais ?

– J'ai toujours su.

– A cause ?

– C'était la seule explication possible. J'aurais préféré que ça soye la Germaine parce qu'elle a essayé de me faire griller pour me punir d'aider Hippolyte.

Elle s'assied sur un banc.

– Pourquoi que t'as pas dit aux gendarmes que j'étais l'assassin ?

– Je suis pas un policier.

Après un long silence, elle demande d'une toute petite voix :

– Tu penses que je devrais me dénoncer pour... pour payer ma dette, comme on dit ?

– Ta dette, ma pauvre, tu l'as payée d'avance en vivant si longtemps auprès de cette brute. Où est le fusil ?

– Je l'ai enterré dans le bois des Brazés... Quand

Léon a eu tapé sur le crâne d'Hippolyte, le pauvre s'est mis à couiner comme un rat pris au piège, il a lâché son fusil et il s'est sauvé en se tenant la tête à deux mains. Léon m'a ordonné : « Ramasse le fusil, idiote ! Je le donnerai aux gendarmes et ce salaud de Marniac ira en prison ! ». Alors, j'ai dit : « Il est si vieux... » En réponse, il m'a flanqué une gifle en criant : « Je vas t'apprendre, sacrée bougre de rien ! Rentre à la maison que je te mette la raclée que tu mérites ! » Je sais pas ce qui m'a pris à ce moment-là, mais j'y ai répondu : « Léon, je veux plus que tu me battes ! » – « Tu veux plus ! non, mais, écoutez cette traîne-guenille ! Elle veut plus ! Eh ben, c'est ce qu'on va voir ! » Il a levé son bâton. Je tenais le fusil. J'ai appuyé sur le truc qui fait partir le coup et ça lui a éclaté en pleine goule. Il a pas eu le temps de penser à ce qui lui arrivait. J'ai emporté le fusil dans les bois des Brazés et puis je suis été appeler au secours. Voilà comment que ça s'est passé.

– Pourquoi as-tu laissé accuser l'Hippolyte ?

– Parce que j'avais peur, mais si on l'avait condamné, j'aurais dit que c'était moi.

– Je te crois.

– Je peux m'en aller, maintenant ?

– J'ai déjà oublié tout ce que tu m'as raconté.

– Je t'aime bien, Philibert.

– Moi aussi, Rosalie. T'as débarrassé le pays d'un homme qui méritait plus de vivre.

Au moment d'ouvrir la porte, c'est elle, cette fois, qui se retourne :

– Tu me comprends, Philibert ? J'en avais marre.

Il écoute son pas décroître sur le chemin puis il murmure :

– Tu penses que j'ai fait ce qu'il fallait, Hermance ?

Il tend l'oreille pendant quelques secondes avant de chuchoter.

– J'étais sûr que tu m'approuverais, ma grande.

Et il se taille une tranche de saucisson.

Planfoy, le 17 FÉVRIER 1978.

L'impression de ce livre
a été réalisée sur les presses
des Imprimeries Aubin
à Poitiers/Ligugé
le 10 avril 1979

pour la Librairie des Champs-Élysées
Dépôt légal, 2e trimestre 1979.

Imprimeur n° P 8760

Imprimé en France